―奈落の底で生活して早三年、
当時『白魔道士』だった私は
『聖魔女』になっていた

主な登場人物
タルト
リリィが落ちた大迷宮の最下層のフロアボスだった。リリィに倒されたことで従魔となり、ミニサイズのドラゴンの姿となって一緒に冒険にする。主人想いの優しい性格で、リリィも溺愛している。
リリィ・オーランド
地下大迷宮の探索中に幼馴染のパーティーに囮として見捨てられ、奈落の底に落ちた少女。３年間必死に生き抜いたことで「聖魔女」という上位職業になった。
エルトリア・ルカード・ヒューゼンベルグ
見た目は少女だが、実年齢は800歳近くのロリババア。後に、リリィとパーティーを組むことになる。

シャルロット・クロムハーツ
回復役のリリィの代役として勇者パーティーに加入。誰からも好かれている聖女。
カリア・トーラス
重装騎士として幼馴染のパーティに所属。元気っ子で、リリィに対して親身になっていた。
アドル・ロッソ
リリィの幼なじみでパーティーのリーダー。当初は純粋な気持ちで冒険していたが、徐々に慢心し、ついにはリリィをパーティーから追放してしまう。
クオリア・コーネル
黒魔導士として幼馴染のパーティーに所属。リリィの治癒魔術に不満を感じ、アドルの「リリィ追放」の提案に賛成していた。

# Contents

tani

イラスト
れんた

# プロローグ

その日、一人の少女は所属しているパーティーを生かすために囮(おとり)になった。

そこは自然豊かな村。暖かい日差しは心を和(なご)ませ、爽(さわ)やかに吹く穏やかな風は心地よい。村を襲うような凶悪な魔物も周辺には生息しておらず、まさに平和そのものと呼べる落ち着いた村である。

そんな村に同年代の幼馴染(おさななじみ)が5人いた。

彼らは、幼少期から何をするにも共に行動していたほどに仲がいい5人組。村に住む人間たちからも仲のいい子供たちと評判であった。

ある日、彼らは一人の少年の家に集まった。その少年は幼馴染の中でもリーダー的な存在だった。

「明日でやっとリリィも12歳になるのか。俺たちの中でリリィが最後だったからなぁ、待ちくたびれたぜ」

「そう言わないでよ、アドル。リリィだって好きで最後になったわけじゃないんだから。リリィもアドルの言ったことなんて気にしなくていいからね」

そう励ますのは長髪の少女。彼女の言葉に頷くのは黒髪の少女だった。

この世界の住人は年齢が12歳になると、神より『職業』を授けられる。幼馴染の中で一番誕生日を迎えるのが遅かったのが、黒髪の少女だ。

そしてリーダー的存在の少年が、なぜこんなにも黒髪の少女が12歳の誕生日を迎えることを待ち望んでいたのかというと——

「俺は『剣士』でクオリアは『黒魔道士』、ゼペットは『射手』でカリアは『重装騎士』だ。ここまで冒険者に向いている職業が授けられているってことは、神様が俺たちに『冒険者になれ』って言ってるようなもんだよな！」

彼らは冒険者に憧れていた。そのきっかけを作ったのは、昔絵本で読んだ物語だった。

今はまだ村の中とその周辺の世界しか知らない5人にとって、その絵本は夢と希望を与えた。子供の彼らでは知る由もない世界。世界はたくさんの未知で埋め尽くされている。好奇心が旺盛な彼らは、広い世界を自分自身の目で確かめたかった。

だから彼ら5人は冒険者になることを約束した。冒険者になれば、世界中を旅することができるから。

しかし、冒険者になるためには、それに適した『職業』を授けられなければならない。運よく黒髪の少女以外の４人は冒険者に適した『職業』を授けられたが、黒髪の少女は自分が冒険者に適した『職業』を授かることができるのか不安だった。

「私、みんなと一緒に冒険者になれるのでしょうか……」

「心配しなくても大丈夫だと思うよ。私たちはいつも一緒にいるんだよ。神様だって見てるはず！　そんな私たちが冒険者になれる『職業』を授けてもらった。リリィ一人だけが仲間外れになるわけないよ‼」

「うん、カリアの言う通り。リリィも僕たちと一緒に冒険しよう」

５人の中で特に元気いっぱいな少女と、大人しい印象だがその瞳には幼馴染と共に冒険できる日を楽しみにしているのが感じられる少年が黒髪の少女を励ました。それを聞いて少しだけ安心する黒髪の少女。

そうだ、自分だけ仲間外れにされるはずがない。自分だってみんなと一緒に冒険したいといつも考えていたのだから大丈夫。

「でも、そうなるとリリィはどんな『職業』がいいかだなぁ……。まあ俺たちが決められることでもないけど……。前衛は俺とカリアになるだろ。もしリリィも前衛職になったとして、そこに加わるとなったら……」

リーダー的存在の少年は、黒髪の少女をじっと見つめる。見つめられて少々照れくさそうにする黒髪の少女だった。そしてリーダー的存在の少年は、黒髪の少女が前衛で戦えるような体をしていないと判断した。

「『職業』の恩恵もあるかもしれないけど、カリアならまだしも、リリィだと魔物の攻撃一発で吹き飛ばされそうだな」

「ちょっと、それって私は吹き飛ばされないってこと？　私だって一応女の子なんだけど。アドルはその辺分かってる？」

「いや、『重装騎士』になった奴が魔物の攻撃で吹き飛ばされるなんてことないだろ。前に勝負した時だって俺がお前に突っ込んでも一切倒れなかったし、要塞みたいだったぞ。それに、リリィはカリアと違って細いから自然と心配しちまうんだよな」

「つまり私は太いってこと⁉　確かに私の『職業』はみんなを守るものだから体は鍛えているけど……。それはともかく要塞ってどういうことよ‼」

元気いっぱいな少女はリーダー的存在の少年の発言に怒り、追いかけまわした。その光景を見て笑う3人。よくあることだ。こんな日常がこれから先もずっと続けばいいな、とこの時の全員は思っていた。

「でも、アドルの言う通りリリィに前衛を任せるのは厳しいかも。もちろん任せるのが不安ってわけじゃないわよ。リリィが前衛で戦うイメージがないから。たぶんリリィは後衛に徹するのが合ってると私は思う」

「後衛で、さらに僕たちの中で足りないと言ったら……」

追いかけっこをしている2人を余所に3人は考えた。そして何か思い付いたのか、長髪の少女が口を開く。

「理想を言えば回復役の『白魔道士』かしらね。ポーションって意外に値が張るし、消耗品だからお金も結構かかる。だけど『白魔道士』には『治癒魔術』があるから、ポーションなしでも問題ない。その分パーティー全員の回復をすることになるから負担は大きくなるけどね」

「でも『白魔道士』は冒険者には不向きだって聞いたことがあります……。自分の手で魔物を倒さないとレベルは上がらないのに、『白魔道士』は攻撃手段が少ないからって」

「まあ、そこは大丈夫だろ。リリィにも経験値が入るように俺たちが弱らせて、とどめはリリィに任せれば解決する話だ」

そう言うリーダー的存在の少年。

流石はリーダーと思える発言だが、その姿は元気いっぱいな少女に捕まって動きを封じられている。それがなければカッコよかったのだが台なしだ。

そして日付は変わり翌日。黒髪の少女は12歳の誕生日を迎えた。

少女は期待よりも不安でいっぱいだった。あれだけ幼馴染たちが大丈夫だと励ましてくれ、そう信じても時間が経つごとに不安になる。心のどこかで本当に自分はみんなと一緒に冒険者になれるのかと思っていた。同じ夢と希望を抱いた仲間。彼らと一緒に冒険したい。

目覚めて自分のステータスを確認する。するとそこには――

「リリィ、みんな来てるわよ!!」

黒髪の少女の母親が1階から呼んでいる。来訪者は間違いなく幼馴染たちだろう。彼らもまた黒髪の少女の『職業』が気になってしまい、いても立ってもいられずに朝早いにもかかわらず少女の家を訪ねてきたのだ。

急いで自室から出た黒髪の少女は幼馴染たちのもとへ駆け寄った。急ぎすぎて転ばぬように気を付けて。そして黒髪の少女は、幼馴染たちの前で自分の『職業』を告げた。

「私、『白魔道士』になっていました! これでみんなと冒険できます!!」

珍しく大きな声を出す黒髪の少女と、報告を受けて歓喜する幼馴染たち。まさか本当に『白魔道士』に選ばれるとは。これは最早(もはや)、運命なのかもしれないと思ってしまう。

「世界には俺たちが知らないことや景色がたくさんある。みんなも見たいから冒険者になろうって決めたんだよな。それがもうすぐ叶(かな)うぞ。俺とカリアが前で戦ってクオリアとゼペットは援護。リリィはパーティーには絶対に必要な回復役。これ以上ない理想的なメンバーだ。俺たちならきっと最強の冒険者パーティーになれるはずだ!!」

固く約束した5人。

黒髪の少女以外は既に職業を授かっていたため、冒険者になるための修行を始めていた。そして今日から黒髪の少女も修行に参加する。

そこから半年の月日が流れ、彼らはいよいよ村の外へ出る。

試験に合格し、無事冒険者になった5人は何度も依頼をこなしていった。
最初は薬草採取や街の手伝いなど、昔絵本を見て抱いた期待とは違っていたが、何ごとも積み重ねと文句を言わず努力していた。
そんな5人も、今では魔物を相手にしても問題なく戦えるまで成長している。冒険者ギルドからも、将来は有望な冒険者になると期待されているほどに。
――しかし、5人が冒険者になって3年が経過した頃だろうか。彼らのパーティーに異変が起き始めた。

リーダー的存在の少年が、ここ最近独り言を呟(つぶや)いていた。

詳しい内容は分からない。近寄りがたい空気を出していたため、聞こうにも聞けなかった。

しかし途切れ途切れに聞こえる言葉は暴言のようなものだった。それが原因か、幼馴染への当たりが強くなった気もする。特に黒髪の少女には、冷たい態度を取る時もあった。

でもすぐに普段通りの少年に戻り、黒髪の少女に謝ったりしていたので4人は「最近は忙しいから疲れているのだろう」と思うだけだった。

だが、その異変はリーダー的存在の少年だけではなかった。

さらに月日が経過し、今度は長髪の少女、次は大人しい少年にもリーダー的存在の少年と同じような異変が起きていた。みんなで約束したあの日から変わらないのは、黒髪の少女と元気いっぱいな少女だけ。

次第にパーティーは険悪な雰囲気になっていくが、彼らは冒険者を続けていった。

支えとなっていたのは絵本が与えてくれた夢と希望。それがあったから彼らは解散することなく、共に過ごしていた。

きっとこれも一時的なものだ。いつかはまた同じように笑い合えるような日々が戻ってくるはず。そう信じて……。

ある日、５人は魔物討伐の依頼を受けた。

彼らの実力であれば問題なくこなせる依頼だった。ただ一人を除いて。

黒髪の少女だけが残る４人の足を引っ張り始めたのだ。

日を追うごとに分かる実力差。以前まではみんなもレベル上げを手伝ってくれていたのに、最近では元気いっぱいな少女だけしか手伝ってくれなくなった。

黒髪の少女も努力はしていた、いつまでも頼りっきりでは駄目だと思い。しかし少女は戦おうにも攻撃手段が少ない。さらには努力しても、その努力は無意味と思い知らされるように周りとの力の差は開いていく。そして、それは致命的でもあった。

「リリィを俺たちのパーティーから外す」

黒髪の少女以外の４人が宿に集まり、リーダー的存在の少年が提案した。

それは突然だったが、しかし誰もが考えていた——いや、黒髪の少女のレベル上げに付き合っていた元気いっぱいな少女だけは違った。彼女は黒髪の少女をパーティーから外したいなど一度も思ったことはない。黒髪の少女が冷たい態度をとられても、明るく励ましていた彼女だけは。

「ま、待ってよ！　リリィをパーティーから外す？　なんで？　なんでそんなこと言うのさ！あの時私たちは最強の冒険者パーティーになるって約束したよね!?　世界中を冒険するって約束もした。アドルとクオリア、ゼペットに私。そしてそこにリリィもいて――」

「カリア、お前は現実を見ろ」

「……ッ！」

冷たくそう告げるリーダー的存在の少年の言葉。追い打ちをかけるように長髪の少女がパーティーの現状を述べた。

「正直リリィは足手纏いなのよ。レベルも低いせいで、せっかくの『治癒魔術』も私たちには効果が薄い。一番魔物の攻撃を受けているカリアが一番分かっているんじゃないの？」

髪を弄りながら指摘する少女。その指摘は正しく、反論したくても反論できなかった。

『重装騎士』は前衛に立ち、壁役として攻撃を防ぐ。故に一番ダメージを負う役割。黒髪の少女の『治癒魔術』に一番世話になっているのは彼女だが、最近では黒髪の少女では満足に回復することができないと感じていた。

しかし、それがなんだと言うのだ。レベルが低いならレベル上げを手伝えばいい話。何もパーティーから追放することはない。

「リリィの『治癒魔術』よりポーションを使った方が回復できる。今の私たちの稼ぎならポーションを常に一人10本用意しても資金は余るから、あの子がいなくても問題ないのよ」

「じゃあ、みんなでリリィを強くしようよ‼　そうすれば解決する。ちょっと前まではみんなもリリィに協力していたでしょ？　だから前みたいに手伝えば、リリィも私たちと同じくらい強くなるはずだよ」

「悪いがそんなことをする暇があるなら、俺は自分のレベルを上げる」

「私も魔術の練習した方が効率よく時間を使えるし」

「僕もリリィに付き合うぐらいなら、自分に時間を使った方がいいと思ってる」

3人は幼馴染ではなく、自分のために時間を使うと断言した。

これから先、彼らはより凶悪な魔物と対峙することになる。弱い者から消えていくのがこの世界だ。力不足で死なないためには強くならなければならない。故にわざわざ弱い者のために自分の時間を割く義理はない。

「そういうわけだ。リリィには明日、パーティーを抜けてもらうように伝える。それに、これはリリィのためでもある」

「……リリィのため？」

何が彼女のためなのかと疑問に思い、聞き返す元気いっぱいな少女。

「俺たちは明日、オルフェノク地下大迷宮へ挑戦する。あそこは、俺たちにはまだ早いダンジョンかもしれないが、上層ぐらいなら行けるだろうとギルドの人間が言っていた。この周辺の魔物ではレベルを上げるにも時間がかかる。だからレベル上げも兼ねて挑戦するが、リリィは確実に死ぬだろうな」

その目を見れば分かる。それは黒髪の少女を死なせたくないからではなく、単純にこれ以上は邪魔だからパーティーにいてほしくないという目だった。他の2人も同じような目をしていた。


それで、その日は解散となった。


明くる日、遅れて冒険者ギルドにやってきた黒髪の少女に、リーダー的存在の少年は告げた。

「リリィ、お前の『治癒魔術』はもう役に立たない。昔こそ役立っていたがレベルの低いお前の『治癒魔術』と市販のポーションを比べれば、断然ポーションの方が回復量も多い。この決定は全員で下したものだ。幼馴染とか関係ない。この先、足手纏いは不要だ」

黒髪の少女は、突然の戦力外通告に言葉が出なかった。

だが、彼女も自分が足手纏いになっていることは自覚していた。

自分は彼らと違って弱い。これから先も4人についていける自信がない、と。

しかし黒髪の少女は、最後にもう一度だけ一緒に冒険がしたいと彼らに告げた。

このまま彼らのもとを去れば心残りができる。二度と一緒に冒険できないのであれば、最後にこの5人で冒険をしたい。そうすれば心残りもなくなるだろうと。

黒髪の少女の提案を、リーダー的存在の少年は許可した。

真意は分からなかった。だが、行き先を知っている元気いっぱいな少女がそれだけは止めさせようと口を開こうとした時、リーダー的存在の少年に睨（にら）まれた。

睨まれた少女は少年の雰囲気が普段と違うと感じた。まるで誰かに体を乗っ取られているような……。でも、それなら一体誰が、と思う。

その眼で睨まれただけで、喋（しゃべ）ることは許さないと言われた気がして、元気いっぱいな少女も口を開くことはできなかった。


それから5人はダンジョンを訪れた。誰も話すことなく淡々と。当然のことながら黒髪の少女は心ここにあらずといった状態だった。故に大事なことも見落としてしまったのだろう。

魔物住まう洞窟に挑む一同。一時たりとも油断できぬ状況の中、順調に魔物を倒して進んでいく。だが黒髪の少女は逃げるだけしかできなかった。

こんな魔物が出るなんて聞いていない。

それもそのはず。彼女には一言も行き先を言っていなかったのだから。しかし、どんなに凶悪な魔物が出ようと自分から同行したいと言い出した手前、やめようだなんて言えるわけもない。言えば軽蔑されるだろうと思い、必死になってついていく黒髪の少女。

「グルゥウゥウゥ！」

反響する獣のような唸り声。それは、突然やってきた。

暫く探索を続けると5人の前に2つの狼の頭を持つ魔物が現れたのだが、今までとは確実に違う。

その体躯に思わず後退ってしまう。放たれるは、体が硬直してしまうほどの威圧感。剣のように全てを引き裂くことができる巨爪。

魔物の強さは、５人など簡単に殺せてしまうほどだった。そんな魔物に敵うわけもなく、絶体絶命の窮地に立たされる５人。そして5人のうちの一人が呟いた。

「……このままだと全員が死ぬ。だが、この状況を打開できる策が一つだけある」

リーダー的存在の少年はそう言うと、黒髪の少女の腕を掴み魔物の前へと投げ飛ばした。

思わぬ事態に黒髪の少女は理解が追いつかず、愕然とするだけだった。しかし、そんなことは気にも留めることなく踵を返し、走って安全地帯まで引き返す3人。……1人足りない。

３人が逃げようとする中で、１人だけその場で立ち止まっている人物がいた。

唯一レベル上げの手伝いをしていた元気いっぱいな少女である。ただ、彼女は救いの手を差し伸べるのかと思いきや、何もせずにじっと一点を見つめるだけだった。

「違…。私は………そんな風に………ない。ずっと………だよ。最近はみんな………

けど、またあの日みたいに……」

「何してるカリア！　早く来い！」

「だから、なんでそんなこと………。私の…から………よ！」

「チッ……！　クソッ！」

何を言ってても耳に入ってこず、独り言を呟いているような元気いっぱいな少女に駆け寄り、そのまま腕を引っ張るリーダー的存在の少年。黒髪の少女など見もせずに逃走した。

やっと自分が置かれた状況を理解した黒髪の少女は、幼馴染たちを追いかける。

走って、走って、走って。

尚も走り続けるが、追い付くことはなく離されるばかり。そして、目の前の獲物が逃げる姿を見て、魔物が黙って見逃すはずはない。魔物は黒髪の少女を逃がすまいと追いかけ、あっという間に間合いに入った。

振り上げられた魔物の腕。あれを食らえば鋭利な爪で体を引き裂かれ、治癒魔術を使う暇もなく確実に死ぬ。

そう感じた黒髪の少女は、必死に横へ飛び回避するが、そのせいで逃げ道を失った。

眼前に広がるは、上の階層へ続く道を妨げる1匹の魔物。少女に与えられた選択肢は「このまま魔物に殺されて死ぬ」か、「危険だが魔物を撒くためにもわずかな希望に賭けて一時的に下の階層に避難する」かの2つだった。

そして、黒髪の少女は後者を選んだ。

魔物に背を向け、必死に走る。途中で躓いても走ることを止めない。生き残るために今ここで全力を尽くす。

生きたいという必死の願いが叶ったのか、黒髪の少女は魔物の手から逃げ果せることができた。だが、体は悲鳴を上げて立ち上がるのも困難。自分の体を見てみると傷だらけだった。口内は血の味でいっぱいで気持ち悪い。

「……あ、ぁ……」

喉が潰されたみたいに思うように声を出せない。声を出すのは諦めて周囲を見渡してみたが、知るはずもない場所。意識が朦朧とする中、再び日の光を見るために黒髪の少女は立ち上がる。

1歩、また1歩と魔物に気付かれないように少女は導かれるように1本の道をゆっくりと進む。しかし、オルフェノク地下大迷宮を探索している時にそのような一本道は一度も通ってこなかった。そして、それは入り口へと繋がる道ではない。ただ、必死に魔物から逃げていた少女が知っているはずもなく、彼女は通ったことのない道だとは気付かずに光を求めて進んでいった。

行き着いた先は行き止まりだった。2、3歩奥に進むと、深い闇が続く穴が広がっていた。

引き返そうと思った時、既に限界を迎えていた黒髪の少女は膝から崩れるように倒れた。そして、そのまま深い闇へと落ちてしまう。

もう駄目だ。自分はここで死んでしまう。あの時、あんなことを言わなければ死ぬことはなかったのではないだろうか。

後悔してももう遅い。黒髪の少女は吸い込まれるように落ちていく自分を哀れみ、瞼（まぶた）をゆっくりと閉じた。

あれから、どれくらい落ちたのだろう。

死を覚悟した黒髪の少女だったが、いまだに意識があった。死後の世界でも自分の意識は存在するのか、なんてことを考えながらも重い瞼を開ける。

瞼は完全に開くことはなく、視界は霞んでしまっている。

しかし、そこに誰かの足のようなものが見える気がする。

いや、見える気がするのではない。絶対に誰かいる。だが、声も出ないため助けを求めることもできない。手を伸ばそうにも、体は少しも動かなかった。

黒髪の少女は助けを乞うことができず、再び眠るように意識を手放した。弱く木霊する笑い声を聞く前に……。

その日、一人の少女は所属しているパーティーの仲間を生かすために囮になった。愚かな判断。それが齎した望まぬ運命。しかし、それが少女の運命を大きく変えることになる。

——そして、同時にこの世界の運命の歯車が動き出す日でもあった。

# 1章　3年後

奥深くにあるとはいえ、たくさんの魔物が徘徊(はいかい)する洞窟には場違いな木造の家屋。凶悪な魔物の手にかかれば一撃で破壊されそうなその家屋が、今の私の帰る場所です。といっても今までそのようなことはなかったですし、どうやらこの洞窟の魔物たちもこの場所は知らないようで近づいてきたことはありません。

ずいぶんと使い込んでいるなと思わせる古いベッドから身を起こし、固まった体をほぐします。なんだかんだこのベッドとも長い付き合いです。最初こそ寝心地は悪かったですが、慣れてしまえばこれはこれでいいものですよ。

さて、顔を洗い、身支度を済ませたところで今日も日課の魔物狩りを始めようかと思います。朝食の調達もありますが、起きて体を動かさないと朝が始まった気がしないんですよね。まあ、ここに生息する魔物のレベルだと常人であれば戦いにすらならないと思います。一方的にやられるのが目に見えています。

——あっ、そういえば自己紹介がまだでしたね。

私はリリィ・オーランドといいます。

年齢は先日18歳になったばかり。恋の一つも知らないどこにでもいる普通の小娘です。

……いえ、年齢や恋の話はともかく、私自身はもう慣れてしまったことでしたが、端から見れば私のいる環境は普通ではありませんね。

実を言うと私、今より3年ほど前からわけあって〝とあるダンジョン〟の最下層で暮らしているのです。

どうしてそうなったのか、そのわけが気になりますか?

別に隠すことでもないので日課の魔物狩りと新しく構築した術式を試しながら、その片手間に私がどうして最下層で暮らすことになったのか、お話ししましょう。


あれは私が初めてここに来た時、3年ほど前のこと。

この世界にはいろいろな仕事がありますが、その中に冒険者という仕事があります。そして私もその冒険者の一人です。でなければ、こんな場所を訪れることはないですからね。

私は一つのパーティーに所属していました。そのパーティーのメンバーは、全員私と同い年の幼馴染。

『剣士』アドル・ロッゾ
『黒魔道士』クオリア・コーネル
『重装騎士』カリア・トーラス
『射手』ゼペット・ルルラン

当時はその4人に私を加えた5人でパーティーを組んでいました。

ちなみになのですが、『剣士』とか『黒魔道士』などは、年齢が12歳になると神様から授かる『職業』のことです。

『職業』には『剣士』など冒険者に適した戦闘系の『職業』や、『農民』や『商人』などの生産系の『職業』、他にもいろいろと種類があります。

そんな数ある職業の中で、私は『白魔道士』に選ばれました。簡単に言えば、自分もしくは他人の治療に適している『職業』ですね。

実は、『白魔道士』というのは貴重な存在なのですよ。

ほんの些細なことでも、たとえば魔物に襲われたりとかなんでもいいですが、とにかく私たちは生きていれば必ず怪我をしますよね。小さな怪我は自然治癒でも治りますが、深手を負った場合はそうはいきません。そんな時に使うのがポーションと呼ばれるもの。例外はありますが、ポーションには即効性があるので、かけたり飲んだりすればある程度の傷は治ります。

ただ、ポーションというのは、その効力からどうしても値が張ってしまいます。一応安い物もありますが当然効力は低いです。

しかしながら『白魔道士』は、ポーションなしで怪我を治してしまう『職業』なのです。その分、私の魔力を消費しますけどね。まあ、そういう『職業』なのだから仕方ない。

ではなぜ、そんな私がこのような奈落の底にいるのか。

私にもいろいろあったんですよ。

この世界には『職業』の他に〝ステータス〟というものが存在します。

ステータスとはその人間の身体能力などを数値で表したものです。その数値は魔物を自分の手で倒し、経験値を手に入れることで上昇します。

そう。魔物を自分の手で倒す、ここが重要なのです。

経験値を手に入れるためには、必ず魔物にダメージを与えなければなりません。

ですが、『白魔道士』であった私が持つ攻撃手段は少ないのです。

一応、『白魔道士』は『光魔術』が使えます。ですが『黒魔道士』が使用する魔術と比べたら威力もなく、やはり治療に特化しているのですからそちらがメインになるのは明白。

有効性がある攻撃……強いて言えば杖で叩くことですかね。ただ、弱い魔物ならまだしも強い魔物が相手であれば私の打撃など塵芥(ちりあくた)です。

なので、『白魔道士』は「冒険者には向かない『職業』」なんて言われることもあります。でも回復専門なので、パーティーには必要な存在でもありますよ。

そんな風に言われていても、私が冒険者になったのは幼い頃にアドルたちと約束した夢を叶えるためでした。みんなと冒険に出て、世界を巡り、いろいろな経験をして、いずれは最強の冒険者パーティーになると言っていましたね。子供らしい夢だと思います。


——まあ、その夢も3年前に儚(はかな)く散りましたが……。


事の発端はある日の朝、いつものようにダンジョンの探索と冒険者ギルドに張り出される依頼書の確認をするために集合した時です。

その日は私だけ遅れて冒険者ギルドを訪れました。そして合流した時、パーティーのリーダーであるアドルが私に言いました。

『リリィ、お前の『治癒魔術』はもう役に立たない。昔こそ役立っていたがレベルの低いお前の『治癒魔術』と市販のポーションを比べれば断然ポーションの方が回復量も多い。この決定は全員で下したものだ。幼馴染とか関係ない。この先、足手纏いは不要だ』

確かに足手纏いの自覚はありました。

当時の私とアドルたちとではレベルの差が大きかった。冒険者になった頃は攻撃手段が少ない私にも経験値が入るようにアドルたちが魔物を弱らせ、とどめは私に譲ってくれたりもしていました。しかし、いつしかそのようなことはなくなり、皆とのレベルの差は開く一方。

結局自分の手では何もできず、他者に甘えていたのだろう?

そう言われてしまえば、反論することもできません。実際、彼らに甘えていたところもありましたからね。

私はアドルの言葉にショックを受けました。でも、私はアドルたちに最後にもう一度だけ皆と冒険をしたいと言ったのです。

思い返せば、馬鹿なこと言ったなと思いますよ。

最後だからって、アドルたちに提案する必要はなかった。しかし、これで最後だと思うとどうしても一緒に行きたかったのです。

アドルたちもなぜかこの時だけは、私の同行を快く許してくれた。そこになんの意図があったのか、私は知りませんでした。

そして私たちが訪れたのは〝オルフェノク地下大迷宮〟というダンジョン。

私が今いる場所、そして3年間過ごしたダンジョンでもあります。

数あるダンジョンの中でもオルフェノク地下大迷宮は、魔物が強いと有名なダンジョンです。

正直無謀な挑戦であると感じていましたが、上層の魔物はなんとか倒せました。

ああ、もちろん私は役に立っていませんよ。なんだったらオルフェノク地下大迷宮に行くことすら聞いていませんでしたね。

そして暫く探索を続けていると、私たちの前に現れた2つの狼の頭を持つ魔物——〝オルトロス〟によってパーティーは全滅寸前まで追い込まれます。

絶体絶命の状況で、リーダーのアドルは「この状況を打開できる策がある」と言いました。


——囮です。しかもパーティーの中で一番役に立たないのがいるからちょうどいい。


アドルたちは私を囮にして、一目散に逃げていきました。

私も追いかけようとしましたが、ステータスの差があって追い付くことはできず離れていくばかり。必然的にオルトロスは私を標的にします。

そこからは逃げて、逃げて、生き残るためだけに逃げて。

幸運なことに、オルトロスから逃げ切ることができたのです。一生分の運を使ったといってもいいですよ。

しかし、疲労困憊で意識も朦朧としていたのであまり覚えていませんが、一本の道を進んでその先にあった深い闇へ繋がっている穴を見つけると、そこで体に限界がやってきてそのまま穴に落ちてしまいました。

もうその時は確実に死んだと思いましたね。どのぐらい深さがあるか分からない穴へ落ちたのだから、助かるなんて希望は捨てた方がいい。

そう思っていたのですが、またまた幸運なことに私は生きていたのです。

勢いよく落下していたのだから、衝撃も強いはず。にもかかわらず気が付けば知らないベッド――今では3年も使っているベッドです――の上で寝ていたのです。もちろん体の痛みはなかった。

誰が私をそこまで運んだのか。私を助けてくれた人がいるならお礼をしたい。

でも部屋を探しても誰もいない。そもそも探すだけの広さはなかった。

私が住んでいる場所は壁と壁の隙間にできた狭い通路の先にあり、行き止まりに広い空間があってそこに拠点として使っている家屋があります。家屋の外の出て、その通路を通ってもあるのは大きな湖だけ。もちろん他にも別の場所に続く道はありましたが、当時の私の実力で探索は到底不可能だったため完璧に探すことはできませんでした。

暫くして自分のいるここがオルフェノク地下大迷宮の最下層であることを知りました。どのように知ったかというと、私には『鑑定』というスキルがあります。それをその辺にある鉱石などに使い、詳細を見て知りました。詳細を見ると採取可能な場所が最下層（４００階層）のみと表示されるんですからね。私がいる場所はオルフェノク地下大迷宮の最下層――４００階層なのかと最初は驚きましたよ。でも、この階層に生息する魔物の強さを考えると納得はできます。

それから私はここで暮らすことにしました。というよりは、地上へ戻る手段がないから暮らすしかなかった、というのが正しいです。

そして、最下層で暮らし始めてから3年の月日が経ち、私はそろそろ地上を目指してみようと決心しました。最下層の魔物も倒すことができるようになりましたし、まあなんとかなるはずです。

ちなみに、どうして私のような人間が最下層の魔物を倒せるようになったのか、疑問に思うでしょう。パーティーでも役立たずだから囮に使われたくらいだし、そんな力はないはず、と。

では、こうしている間にも日課である魔物狩りも終え、朝食も手に入ったことですし、この3年で『白魔道士』の私がどんな成長を遂げたのか特別にステータスをお見せします。

《名前》リリィ・オーランド

《性別》女性　《年齢》18歳　《職業》『聖魔女』
《称号》〝魔道を探求せし者〟
《ステータス》《基礎±スキル・称号・装備》
レベル　1082
生命力　12万4481（10万9981＋1万4500）
魔　力　20万6772（15万6772＋5万）
持久力　11万4812（10万312＋1万4500）
攻撃力　1（5万1021－40万9083）
防御力　11万9387（10万2387＋1万7000）
精神力　20万2311（15万2311＋5万）

スキル
『生命力自動回復』『魔力自動回復』『持久力自動回復』『消費魔力半減』『魔力障壁』
『魔力障壁自動発動』『獄炎魔術』『氷獄魔術』『暴風魔術』『地烈魔術』
『神雷魔術』『聖光魔術』『暗黒魔術』『浮遊魔術』『空間魔術』『毒魔術』
『麻痺魔術』『石化魔術』『治癒魔術』『全属性耐性』『状態異常耐性』『魔力感知』

『鑑定』『隠密』『隠蔽』『悪食』『五感強化』

『魔術威力・状態異常付与成功率・思考加速・治癒効果上昇』『長文詠唱破棄』

『並列詠唱』『多重詠唱』『聖魔女の加護』『白亜の魔道』『漆黒の魔道』


とまあ、目の前に表示された半透明の板のようなものにはこのように記載されています。

これが私のステータスです。一般的にこの数値は普通ではないでしょう。今はどうか知りませんが、私の知る限りではこのようなステータスは見たことがありません。

ただ、世の中は広いわけですし、探せば私みたいな、もしくはそれ以上のステータスを持っている人たちもちらほらといるかもしれませんね。

では、全てを解説するには時間がかかりますので必要な部分だけ説明していこうと思います。

まず私の『職業』について。

3年前の私の『職業』は『白魔道士』でしたが、それが今では『聖魔女』というものになっています。

実を言うと、『聖魔女』という『職業』は一度も聞いたことがありません。知らなかっただけで私以外にもいるかもしれませんが、私は自分が『聖魔女』になって初めてその存在を知りました。

おそらく、何か特別な『職業』なのでしょう。

条件を満たせば上位の『職業』に生まれ変わる、などといった話も耳にしたことがあります。

そして魔道士には『白魔道士』と『黒魔道士』の両方の魔術が使える『賢者』というものが存在します。しかし『聖魔女』も『賢者』同様に両方の魔道士の魔術を使える『職業』なのです。

なぜ『賢者』ではなく、『聖魔女』なのか。そもそも私がこのような世間には知られていないであろう『職業』になっているのか謎です。取りあえず気が付けば『聖魔女』の『職業』になっていました。

ちなみに『聖魔女』の概要はこんな感じで——

上位職業『聖魔女』
条件・職業『白魔道士』を上位職業『聖女』へと昇華させる。
　　・職業『黒魔道士』を上位職業『魔女』へと昇華させる。
スキル・『聖魔女の加護』魔力、精神力にステータス＋1万5000の補正。

　　　　攻撃力にステータス－（魔力＋精神力）の補正。
　　・『白亜の魔道』『治癒魔術』使用時の魔力消費50％減少。
　　・『漆黒の魔道』『攻撃系統魔術』使用時の魔力消費50％減少。

・『消費魔力半減』 魔術に用いる魔力を50％減少させる。
・『魔力障壁自動発動』 物理、魔術を防ぐ障壁を魔力消費なしで常時展開。

『聖魔女』になって獲得したスキルについてはいろいろ言いたいですが、いちいち驚いたり気にしていては切りがありません。ひとまずは「なんですか、この常識外れの権能は‼」の一言で片付けましょう。

それにしても、やはり不思議です。

なぜなら、『職業』というのは例外なく一つだけしか持てないから。

確か『賢者』になる条件は『黒魔道士』か『白魔道士』のどちらかの『職業』であり、何かのきっかけでもう片方の魔術を習得すること。さらにその人物の才能が試されるため、『賢者』になれる人物は数少ない。

『賢者』の条件はこんなところですが、これはどちらかの魔道士の『職業』を持っていて成り立つ話です。ですが、『聖魔女』は両方を所持していることが前提とされます。その2つが必須条件であり、さらにその2つを上位の『職業』へと昇華させる。

まず不可能な話ですよね。だって『職業』は一人一つまでなのですから。でもなぜか私はその条件を満たした。

……そういえば、拠点としていた家屋にあった数冊の本。

こんな娯楽の一つもない、むしろ危険しかない場所で何かないかと家屋を探して見つけた本を暇潰しと思ってずっと読んでいました。

当時、内容は残念なことに一文字も読めなかったのですが、ある日を境になんとなくですが読めるようになったんですよね。その時から『黒魔道士』が使える魔術を私も使えるようになった気がします。

可能性の話ですが。もしかしたらその本が私に『黒魔道士』の『職業』を与え、知らず知らずに『白魔道士』が『聖女』へ、『黒魔道士』が『魔女』へ昇華して『聖魔女』になったのかも。

ひとまず。『聖魔女』に関してはここまでにして――次は何についてお話ししましょうか。

そうそう、称号についてはこれもまた知らぬ間に獲得していました。

称号というのは、必要な条件を満たした場合に獲得できるものです。その種類は豊富であり、必ずしも獲得条件が公になっているとは限らないので、いまだ知られていない称号もあります。

私の持つ称号は……たぶん獲得している方もいるでしょう。


称号〝魔道を探求せし者〟

条件・魔術を累計10万回使用する。

権能・全ステータス＋８０００
・『長文詠唱破棄』　魔術発動時の詠唱を一部省略可能となる。
・『並列詠唱』　別種の魔術を同時に使用可能。
・『多重詠唱』　同種の魔術を最大50個まで同時に使用可能。

どうやら私は３年間で、この称号を獲得できるくらい魔術を使用していたみたいです。

だいたい平均で１日に91回もの魔術を使用していた。妥当ですかね。もしかするとそれ以上の可能性もあります。こんな化け物みたいな魔物が徘徊している場所で生き残るには、それだけの魔術を使わなければいけなかったのでしょう。

ちなみにステータスの横に表示されている数値は、スキルや称号、武器や防具によって加算される数値です。元のステータスと合計した数値が私のステータスになります。一応、その私の装備に関してですが――

名前　『月光の魔道神杖』
権能　・ステータス精神力＋１万８０００
・『治癒効果上昇』

名前『宵闇の魔道神杖』
権能・ステータス魔力＋1万8000
・『魔術威力上昇』『状態異常付与成功率上昇』

名前『聖魔のローブ』
権能・全ステータス＋6500
・『全属性耐性』

名前『宝星のペンダント』
権能・ステータス防御・魔力・精神＋2500
・『状態異常耐性』

青色の宝石が装飾された純白の杖が『月光の魔道神杖』で、赤色の宝石が装飾された漆黒の

杖が『宵闇の魔道神杖』。神々しい杖と禍々しい対となった杖は、拠点としていた家屋から拝借してきたものです。他にも『聖魔のローブ』や『宝星のペンダント』など、のちに役立ちそうな装備品は拝借してきました。

持ち主が不明なのに勝手に拝借するのはよくないと分かっています。

しかし3年間も放置され、その間持ち主が戻ってくることもなかった。もし持ち主がいれば3年の間に取りにきていると思います。

取りに戻らないということは不要になったか、もしくは既にこの世にいないか……。

おそらく私の予想だと後者の可能性が高いかと。であれば、使われずに放置されるよりも誰かの手に渡った方が装備たちも嬉しいはず。……こんなことを言ってますが、武器を失くした私は3年間この2本の杖を使っていたんですけどね。これは決して盗みではなく、装備たちに活躍の場を与えるために拝借した。そういうことにしておきましょう。

それにしても、いくらダンジョン最深部にあった装備たちとはいえ、補正数値も異常ですね。ここまでのものは、今身に着けているもの以外で見たことがありません。

まあそれはそれとして、スキルや称号、装備のお陰で私のステータスが大幅に強化されています。

ですが、一つだけ強化ではなく弱体化している項目が……。

それは私の攻撃力。ここまでステータスが強化されておいて、攻撃力だけ1なのです。

原因は『聖魔女の加護』による攻撃力弱体化。これが全ての元凶です。

これは私の攻撃力から魔力と精神力の合計値が引かれるという効果も持っています。そして、魔力と精神力は補正数値込みのものとなる。私の攻撃力は本来の数値から魔力と精神力の合計値を引いた数値です。しかし、ステータスには1よりも低くならないというルールが存在するので、私の攻撃力は1になります。

一応参考までに攻撃力最弱の魔物は〝ミニマムアント〟という魔物で攻撃力は3です。

そう、私が拳で殴ったとしても攻撃力は最弱なので魔物の体に傷一つ付けられないでしょう。私の拳は虫以下……。

かなりへこみます……。さらに魔力と精神力の合計値ということは、職種によってステータスの伸びが変わる――私の場合だと攻撃力は伸びにくい――ので今後レベルが上がっても攻撃力は一生このままです。

いやいや、何も攻撃力だけではないですよ、私には魔術があるので問題ありません。

もともと私は魔道士。魔術を主軸として戦う。つまり魔術を使えば解決なのです。そう考えないとやっていけません。

さて、もういい時間なので説明はここまでにしておいて、地上に向かうための準備と……あとはお別れをしなくてはいけませんね。

魔物狩りを終えて朝食を済ませ、今までお世話になった家屋を感謝の気持ちを込めて掃除します。といっても、あの家屋に清潔感はどちらかと言うとなかったため、日頃から掃除をしていました。だから汚れはあまりなかったです。

準備も済ませたことですし、少し寂しい気もしますが出発しますかね。

外の世界はどうなっているのでしょうか。３年もあれば知っている場所でも結構変わっているかも。

地上に出たらいろいろな場所に行ってみたいですね。もともと私は世界中を冒険したくて冒険者になったのですから。ここで培った経験と今のステータスがあれば、たいていのことは乗り切れると思います。

「３年間本当にお世話になりました。またいつかここに戻ってきます」

そして、私は地上を目指して歩き出します。ここから私の新たな冒険が始まるのです。

最下層から出発して1時間ほどが経過しました。

オルフェノク地下大迷宮は、洞窟のように自然に作られた通路や部屋で構成されています。

さらに下へ行くほど迷路のように道が複雑になっているので、迷って魔物に挟み撃ちでもされたら大変です。

なので、『魔力感知』というスキルを使いつつ注意深く進みます。

効果は文字通り自分以外の魔力を感知するものですが、こういう魔物が生息する場所ではかなり便利です。特に強い魔物が徘徊している場所では事前に存在を感知して戦闘を避けられます。まあ、この辺の魔物と戦闘になるのは日常茶飯事なので、遭遇しても殺されてそこで私の冒険が終了……ということにはなりませんけどね。

一応気を付けながらしばらく歩き続けると、『魔力感知』にて何かの魔力を感知しました。

そして、奥の方から蠢(うごめ)く影が見えました。

ゆっくりと現れたのは〝デスサイズ〟という魔物です。オルフェノク地下大迷宮の最下層付近では高い頻度で出現します。

デスサイズはスケルトン系統の魔物。漆黒のローブで骸骨の体を隠し、ゆらゆらと浮遊している姿はなんとも不気味です。そしてデスサイズが持っている大鎌には、即死効果を付与する能力があります。私には状態異常の耐性があるので即死効果が付与されることはないと思いますが、実際にやってみないと分かりません。ですが、流石に私もそんな賭けはしたくありません。

さて、この状況。場所が一本道故に戦闘は避けられそうにない。

デスサイズとの戦闘は過去に何度かやっています。だいたいの行動パターンも知っているので問題はないですが、戦闘が始まる前に念のため『鑑定』でステータスを見てみましょう。魔物にも個体差があって、同じ種類の魔物でも別格の強さを持つものも存在しますので。

《名前》〝デスサイズ〟
《称号》〝命刈り取る者〟
《ステータス》《基礎±補正》
レベル　606
生命力　9万5026（8万3026＋1万2000）
魔　力　11万5991（8万8991＋2万7000）
持久力　9万2425（8万1425＋1万1000）
攻撃力　11万1334（8万5334＋2万6000）
防御力　9万5229（8万3229＋1万2000）

精神力　9万5004（8万4004＋1万1000）
スキル
『生命力自動回復』『魔力自動回復』『持久力自動回復』『召喚魔術』『浮遊魔術』
『空間魔術』『暗黒魔術』『即死魔術』『全属性耐性』『状態異常耐性』
『状態異常付与成功率上昇』『並列詠唱』『多重詠唱』『死神の加護』『冥府の加護』

どちらかと言えばステータスが高い個体ですね。既に慣れているので驚くことはないですけど、やはり最下層付近にいる魔物だけあってなかなかのステータスです。こんな魔物が外でうろついていた日には、それはもう大変なことが起きますよ。

それにもし、万が一ですよ。あのアドルたちがここへ辿り着くことができたとして、デスサイズと戦って生存できる確率は0と言ってもいいでしょう。

彼らがこの3年で私のように人外ステータスを持っていたら話は別です。しかし、そんな都合のいい話はないですよね。3年で私と同じステータスに達するというのは地獄で暮らさない限り無理だと思います。

話はここまでにしましょう。デスサイズがこちらに気付きました。どうやらデスサイズは戦う気満々のようです。魔物はいつでも好戦的ですからね。禍々しい大鎌を構えて今にも襲ってきそう。

私も黙ってやられるわけにはいかないので、背負っている月光の魔道神杖と宵闇の魔道神杖を構えます。

デスサイズはまず数で優位に立とうと、『召喚魔術』により自身の僕（しもべ）となる眷属（けんぞく）を30体ほど召喚しました。

見た目はただのスケルトンですが、騙（だま）されてはいけません。デスサイズが高レベルの魔物なだけあって、召喚された魔物も一筋縄ではいかないステータスを持っています。

スケルトン軍団は迷うことなく私に向かって一斉に突撃。狭い道なので迎え撃たないと袋叩きにされるのが確定です。

ですが、私に焦りはありません。

いくら数が多くても圧倒的な力を持つ個の前では無力に等しい。まあ、状況にもよりますけどね。とんでもない強さを誇る魔物が束になってかかってきたら私も敵いません。でも、今回はその心配はしなくていい。

スケルトン軍団のうち一体が、片手に持つ切れ味がよさそうなサーベルを振り下ろしますが、それは私とスケルトンの間にある見えない壁によって弾かれます。サーベルの刀身は半分に折れて宙を舞います。

これは『聖魔女』の権能である、『魔力障壁自動発動』によるものです。

『魔力障壁』は自身の精神力の数値だけ強度が増します。そして、『魔力障壁』を破壊するには精神力を上回る攻撃で相当なダメージ量を蓄積させるしかありません。

私の精神力は装備品も含め20万以上です。私よりステータスが低くともそれに近い数値であれば、亀裂が入ったりもするでしょう。たとえ亀裂が入らなくても攻撃を続ければ、いずれは傷つき破壊される。まあ、その時は新しい障壁を用意するだけです。

スケルトンの攻撃が弾かれたということは、攻撃力が私の精神力よりも下ということ。召喚主のデスサイズの攻撃力も私の精神力より下ですので、直接攻撃しにきてもスケルトンと同じ結果が待っています。

つまり、本当は一方的な戦闘だったのです。そもそもの話、レベルとステータスの差が開きすぎていますので負けることはなかったですけどね。即死効果だって私に直接攻撃を当てなければ発動されないですし、その攻撃自体が当たらなければ意味がないです。

それでは、これ以上は時間を無駄にしたくないので、デスサイズとスケルトン軍団の排除に移ります。

「【絶対零度(アブソリュート・ゼロ)】」

宵闇の魔道神杖をデスサイズたちの方に構え、最上級の『氷獄魔術』——【絶対零度(アブソリュート・ゼロ)】を使用。大気は凍(い)てつき、瞬きする暇もなく通路は一瞬にして氷の洞窟へと変貌します。

普通であれば、この魔術を発動するのに何節か詠唱が必要ですが、称号〝魔道を探求せし者〟の『長文詠唱破棄』により短縮させることができます。魔道士ならば羨望する称号ですよね。

スケルトン軍団は全て氷塊に囚われ、私が触れるまでもなく割れたガラスのように崩れていき、一掃できました。

デスサイズの方は耐性があるようで、氷塊に囚われても存命しているようです。

しかし、動きを封じた今では苦労することなく簡単に倒せるでしょう。

長く苦しませるのは流石にかわいそうなので、一撃で仕留めます。

身動きのとれないデスサイズに追加で魔術を放ち、確実に仕留めたことを確認したところで戦闘終了です。お疲れ様でした。

それにしても、あらためて実感しましたが、昔の私からは想像できないくらい強くなっています。これも3年間努力した結果ですね。ある意味、きっかけを与えてくれたアドルたちには感謝しなければいけないのかもしれませんね。

さて、戦闘は終わったわけですが、デスサイズがいた場所に何か落ちています。

近づいて確認してみると、それはデスサイズが持っていた大鎌でした。名前は『死神の大鎌』……そのままですね。

鑑定すると装備時に攻撃力が４０００、魔力が３０００加算される武器のようです。なかなかによい性能を誇っていますが、私の杖と比べると霞んでしまいますね。でもせっかく手に入れたのですから、もらっておきましょう。

では、デスサイズも無事に倒したことですし先を急ぎます。

っと、その前に、【絶対零度(アブソリュート・ゼロ)】で凍った範囲が広すぎて通路の奥まで続いています。

「……くしゅん！」

辺り一帯が凍っているので、かなり冷えています。

このままでは、地上に出る前に風邪を引く可能性があります。『治癒魔術』を使えば風邪なんてすぐに治ってしまいますけど、万が一のこともあります。

まずは凍りついた洞窟をどうにかしようと思ったので、火力を抑えた『獄炎魔術』で溶かします。そのあとは火の球を数個浮かばせて暖を取りながら、上の階層を目指します。

# 2章　新しい旅の仲間

デスサイズとの戦闘を終えて暫く。私は今、オルフェノク地下大迷宮３９０階層のフロアボスがいると思われる扉の前に立っています。

こんなところまで探索したことがなかったので私の予想になりますが、おそらくフロアボスは10階層ごとに存在しますね。

なぜそう思ったのか。本来であれば階層と階層を繋ぐ階段が存在します。しかし今いる場所は上の階層に続くと思われるところが大きな鉄扉で隔たれている。こういう鉄扉がある場所は、決まってフロアボスの部屋の前なのです。私はフロアボスを倒した先の部屋にいますけどね。

私の場合、入る場所というか順序が違います。このまま入ると私はフロアボスの正面ではなく背中を見ることになります。

フロアボスも後ろから挑戦者が来るとは思わないでしょう。しかもこのフロアボスがオルフェノク地下大迷宮の最終ボスです。私が落ちた場所から下へ続く道は、３年間探し続けてもなかったから間違いないです。

そんな大舞台で後ろから不意を突くのはアリかと言うと……私はアリだと思いますね。チャンスがあればドンドン攻撃していくべきだと、私は3年間で学びました。

少し過去の話になりますけど、攻撃系統の魔術を使用できるようになって私は自分のレベル上げをしようと試みました。

ですが、最下層付近に生息する魔物に覚えたばかりの攻撃系統の魔術は通用しないことは端から分かっています。

そこで私が取った行動。

それは魔物の縄張り争いを見つからないように陰で見守り、戦いに負けて虫の息の魔物をちまちまと攻撃系統の魔術で攻撃し続けることです。

ずるい行動？　いいえ、これは賢い行動ですよ。

こちらも生きるのに必死なのです。利用できるものは利用しなければ、強すぎる魔物が徘徊するダンジョンで生きていけません。まあ、当然のことながら当時の私のレベルではステータスも低すぎますし、魔術で与えられるダメージも微量です。

他の魔物に盗られるわけにはいきません。この時は『地烈魔術』の下位互換である『土魔術』で壁を作って隔離。

あとは魔力にも限度があるので、毒や麻痺などの状態異常にさせて休みつつもダメージを与えていました。

それでも状態異常のダメージよりも魔物の回復速度が速く、失敗することもありましたよ。その時は仕方ないと切り替えて次の魔物を探します。もともと敵うはずのない魔物と戦っていたので、それほどショックはなかったです。

そんなことを繰り返して、初めて魔物を倒した時の所要時間はだいたい1週間ぐらいでしたかね。

ついに約300近くレベルの差がある魔物を倒しました。あれはもう奇跡と言えるでしょう。私でも倒せてしまうほど弱っていた魔物でしたから。その魔物を倒し、私が得た経験値は莫大な量でした。レベルは180ぐらいにまで到達して、一気に強くなったのですよ。

そこからは戦闘も非常に楽になりました。

魔術を使うために必要な魔力も、走り回るために消費する持久力も、魔物から逃げ切れるまでに増えたお陰でレベル上げは苦労しません。

ただ、これ以上強くなってどうするのか、と聞かれてしまえば、特に意味はないと答えると思いますが、備えあれば憂いなしという言葉もあるようにレベルを上げるに越したことはないでしょう。

さて、昔話はここまでにして。いつまでもここにいても進展はありませんので、フロアボスがいる部屋に向かうとしましょう。

大きな鉄扉に手を触れると重々しい音が空間一帯に鳴り響き、少しずつ部屋の全貌が明らかになっていきます。

中に入って観察してみましたが、構造はこれまで見てきたものと然程変わりありません。違うとすれば、障害物が一つもない平地であること。広範囲の戦闘を想定したのであろう、広大な空間。

そして、フロアボスの影も形もありません。

例外はあるかもしれませんが、普通であればフロアボスが存在する部屋に入るとフロアボスが待ち構えているはずです。

もしかすると既に討伐したと判断されたから、出現していないのでしょうか。

フロアボスは討伐しても一定時間の経過で再度出現します。その間フロアボスが出現するまで扉は開くことはない。

これがダンジョンのルールみたいなものです。他のパーティーと被ってしまったら譲り合い、ひどい場合は揉めごとに発展しますね。

まあ、こんなところに来るパーティーなどいないですし、関係ないことです。

フロアボスがいないのであれば、戦闘をせずに済みます。

激しい戦闘になることは間違いなかったので、無駄な魔力も消費せずに済んでよかったです。ちなみにですが、私が今立っている場所は祭壇のような感じになっています。その祭壇の横には水晶のようなものが浮かんでいます。

実はですね、冒険者になった時に発行してもらえる〝冒険者ライセンス〟なるものがあります。それをこの水晶に翳すと訪れた階層が記録され、次からは記録した階層に一瞬で移動できる転移装置と呼ばれる便利な代物なのですよ。私の冒険者ライセンスは、3年の月日を経て既にボロボロですけどね。

記録は各階層のフロアボスを倒すとできます。

転移先はフロアボスの部屋を抜けた場所。例を出すなら、390階層のフロアボスを倒し記録すれば、扉を開ける前に私がいた場所に転移できます。

でも、私にとってこれは特に意味のないことです。

だって私、オルフェノク地下大迷宮で転移先を一つも記録していないのですから。

3年前はオルトロスから逃げて、奈落の底へ落ちて、辿り着いた場所は最下層なんですよ？　記録する場面がどこにあるというのですか。

私が初めて記録する階層は最初のフロアボスが10階層ではなく、最後のフロアボスがいる390階層になります。

と、ここで一つ思い出しました。

最初に記録できるのは10階層ではなく、ダンジョンの入り口にある水晶だということを。

そうですよ、ダンジョンに挑むなら、必ず入り口で転移先を記録すること。冒険者講習会でも学んだはずです。

フロアボスは強敵なので、討伐したら一度帰還するのが定石。次からはフロアボスを討伐したその先からスタートできます。帰還してしっかり準備した方が断然いいですから。

3年前の自分に、なぜ記録しなかったのか聞きたいです。記録していればすぐに地上に出られたのに……。普通、冒険者ならこんな重要なこと忘れませんよね？

まあ、あの時の馬鹿な私は他のことで頭の中がいっぱいだったわけですし……。とにかく過去の自分を責めたところでどうにもなりません。

結論。私には自力で地上を目指す以外に道はないのです。

それはそうと、3年間過ごしたオルフェノク地下大迷宮の最後のフロアボスは、どのような魔物なのか少しだけ気になります。

「ちょっとだけなら……」

私は一度部屋を出て、今度は正式に正面から部屋に入ってみました。本来であればこれでフロアボスが出現するはずです。

どんな魔物なのか期待していると大きな鉄扉がいきなり閉まり、開けようとしても固く閉ざされてしまいました。触れても開きそうにないです。

完全に閉じ込められましたね。私のちょっとした好奇心がどうやらよくなかったみたい。

「グルルルァァァアッッ！！」

あぁ……。部屋に入り直したのでフロアボスが出現したのか、後ろから猛々しい咆哮が聞こえてきます。

振り返ると、そこには全身漆黒の鱗で覆われ、背中には一対の大きな翼を生やし、燃えるような紅蓮の瞳で上空から私を見下ろす1匹のドラゴンがいました。

これほどの魔物には会ったことがありません。

強くなり、魔物との戦闘も難なくやっていたため、暫くはこういう感情とは縁がありませんでしたが、久し振りに恐ろしいと感じています。でも、それとは別に芸術作品のような美しさも兼ね備えている姿に見惚れています。

あとは……なんだか懐かしいような？

って、私は何を言っているのでしょうか。あの魔物とは初対面ですし、第一、私に魔物の知り合いなどいません。ひとまず毎度恒例の鑑定をしておきましょうか。

《名前》崩天魔龍　カタストロフドラゴン
《称号》〝大迷宮に君臨せし者〟〝龍王〟〝破壊の王〟
《ステータス》《基礎±補正》
レベル　1897
生命力　42万2894（35万8994＋7万2000）
魔　力　48万1111（37万4111＋10万7000）
持久力　40万2697（33万6997＋7万2000）
攻撃力　49万4782（38万7782＋10万7000）
防御力　39万4768（32万2768＋7万2000）
精神力　41万6139（34万4139＋7万2000）

スキル
『生命力自動回復』『魔力自動回復』『持久力自動回復』『消費魔力激減』『物理威力上昇』

『魔術威力上昇』『獄炎魔術』『氷獄魔術』『暴風魔術』『地烈魔術』『神雷魔術』
『聖光魔術』『暗黒魔術』『崩壊魔術』『龍王魔術』『物理攻撃耐性』『全属性耐性』
『状態異常耐性』『龍王覇気』『覇者』『支配者』『天獄』『龍王の加護』『破壊の加護』

なんかいろいろとすごいことになっていますが、流石は最後のフロアボスの一言……。こんな魔物、冒険者が勝てる相手なのかと疑問に思ってしまいそうになるぐらいです。

私もこのレベルの魔物とは戦ったことがありません。最下層でも出現しませんでしたからね。

理由はやはりフロアボスだから？

まあいいです。それにしてもこのステータス。

基本、ステータスは種族によって違います。仮に同レベルだとして、人間の生命力が1000あったとしてもドラゴンの生命力は5000かそれ以上です。

なんというか理不尽ですよね。体格の差からして妥当とも思えますが、それでもこの数値はさすがに引いてしまいます。

大半のステータスは私の約4倍。一応、魔力と精神力には自信があったのに、それでも2倍ほど差がついています。

しかし、強敵だろうと攻略の方法はいくらでもあります。今まで私はそれで生きてきたのですから。この3年間で培った戦略を舐(な)めないでいただきたいです。

まず、カタストロフドラゴンのステータスを弱体化させます。まともに戦っても私が負けるのは確実ですから。

弱体化には『暗黒魔術』——【能力値弱体(ステータスダウン)】を使用します。

効果はそのままの意味ですので、説明は省きます。

的が大きいので当たりましたが、【能力値弱体(ステータスダウン)】をかけてもあらゆる耐性を持つカタストロフドラゴンにはあまり効果がなさそうに見えます。

しかし、これも想定済み。

魔道士でありながらちょっと脳筋な方法でもありますが、足りないなら増やせばいい。それだけのことです。

カタストロフドラゴンにかけている【能力値弱体(ステータスダウン)】を、『多重詠唱』にて50倍の効果にします。

武器とスキルによって強化された私の魔術はどうですか?

いくら耐性が高くても、それを上回るほどの効果になれば有効ですよね。さらに精神力は魔術に対しての防御に関係します。下がれば下がるだけ効果が大きく現れるのです。

鑑定でステータスを見ていますが、減少していく一方です。今では私の約2倍のステータスにまで減少しています。

これ以上はステータスを減少させることはできないですが、大丈夫。自分の倍のステータスを持つ魔物なんて、過去に散々相手してきたのだから。

しかし、慢心するのもいけません。カタストロフドラゴンにも『暗黒魔術』があるので、同じように【能力値弱体(ステータスダウン)】を使えるかもしれない。そうなっては私に勝ち目はないので、仮に使われても当たらないように気を付けます。相手に対して私は的が小さいので、動き回っていれば的を絞りにくくなる。それでも油断大敵ですが。

弱体化したカタストロフドラゴンは、息を大きく吸い込みブレスの準備を始めました。

ドラゴンのブレスは広範囲攻撃――いえ、ブレス発動中も移動できるので全範囲攻撃と考えていいです。

弱体化したとはいえ、ステータスは私の倍。回避せずに『魔力障壁』で受けても、簡単に破られてブレスの餌食になります。『治癒魔術』があるので即死でない限りはなんとかなりますけど、痛いものは痛いです。それは嫌なので回避することにします。

今いる場所から時計回りに走り、カタストロフドラゴンに的を絞らせないようにします。ある意味、ブレスは全範囲攻撃なのであまり意味はないかもしれないですが、やらないよりマシです。

持久力が尽きたら回復するまでに時間がかかり、その間に攻撃を食らってしまうけど、今は多少速く動いても問題ありません。一応、『浮遊魔術』での移動も考えましたが、私には攻撃手段が魔術しかないので無駄な魔力の消費は避けたいところです。

そして、ただ回避するだけではカタストロフドラゴンを倒すことは一生できないので、動いている最中にも魔法陣を空中に残していきます。移動に便利な『浮遊魔術』を使っていない分、魔力を余分に確保できているのでかなりの数を設置できます。

設置を終え、魔法陣からは絶え間なく魔術が発射されます。

既に世に浸透している魔術や私が作ったオリジナルの魔術の数々。そこに『並列詠唱』と『多重詠唱』、『長文詠唱破棄』があって初めて可能となる芸当です。

これによりカタストロフドラゴンに膨大なダメージを与え、ブレスも発射する前に食い止めることに成功しました。

我ながら上出来ですね。ここに生息するたいていの魔物もこれで倒せます。規模が大きすぎて洞窟などの狭い場所では使いにくいという難点もありますが……。

魔力の方もまだまだ余裕があります。私の魔力は有限ですが、この調子であれば問題ないでしょう。ただ、これだけ食らっておいて平気な顔をしていたら困りますね。

でも、その心配はいらなかったようです。

こうしている間にも、カタストロフドラゴンの方は限界を迎えているようです。カタストロフドラゴンは魔術による攻撃で既に満身創痍。空中に滞在しているのも難しくなったのか、地面に墜落しました。

どうやら最後のフロアボスもここまでのようです。

墜落の衝撃でさらにダメージが入り、カタストロフドラゴンの生命力は吹けば消える蝋燭の灯のようです。こちらには余力があります。こんな大物とは滅多に戦えないので、もう少し試したいことがあったのですが――

そうだ!! いいことを思い付きました。

今まで、そしてこれから先もしばらくは一人で過ごすことになります。私も一人で過ごすのは苦じゃないと思いつつも、どこか寂しい気持ちがありました。

旅は仲間が増えた方が楽しいでしょ？ もちろん裏切らない仲間限定ですけどね。

そういうわけで、このカタストロフドラゴンを私の相棒にします。どこか懐かしいような感じもしていたわけですし、これは運命かもしれません。

自分でもいきなり過ぎて頭がおかしくなって狂気的な思考になったのではと思われるような判断だと思いますが、「思い立ったがすぐ行動」という言葉があるのです。私はそれに則って行動します。

相棒――この場合は従魔と言った方がいいですね。確か魔物を従魔にするには契約が必要なはず。

ちなみに、やり方は分かりません。魔物がいても試そうと思ったこともありませんし、何よりこの辺の魔物はかわいくありません。どちらかと言えば気味が悪い魔物たちです。

それに比べてカタストロフドラゴンは、よく見たらかわいい顔をしています。これも私が抱く不思議な気持ちと関係しているのでしょうか。

とにかく、カタストロフドラゴンを従魔にするには、『召喚魔術』が関係していると思います。しかし、これも勝手に習得していたスキル故に効果を把握していないのです。

うーん、どうしましょうか。

このままだと、カタストロフドラゴンの生命力は尽きてしまいます。そうなったら死んでしまって契約は不可能でしょう。

よし、取りあえずカタストロフドラゴンの生命力を回復させましょう。まずは存命させることが最優先です。

完全回復させてカタストロフドラゴンが暴れることがないように、慎重に『治癒魔術』――【中級治療(ミドルキュア)】を使って回復させます。生命力が高いカタストロフドラゴンはこれでも十分動けるまで回復してしまうでしょう。もし回復して再び私に襲いかかってきたら、その時は仕方ありません、討伐することにします。

「……さあ、どう来ますか？」

あらためて間近で見ると圧倒的存在感です。これだけ近いと尻尾で薙ぎ払われて飛ばされてしまうかも。そうなったら第2ラウンドの始まりです。

カタストロフドラゴンはゆっくりと起き上がり、咆哮を轟かせました。これは第2ラウンドの始まりと捉えてもいいのでしょうか。

そう身構えていると、目の前にステータスが記載されているものと同じような半透明のパネルが出現し、そこにはこう書かれていました。

《崩天魔龍　カタストロフドラゴンの契約が完了しました》

えっと、あれ？　何もせずに勝手に契約されたことになっています。

どういうことなのでしょう？　個人的に契約には儀式のようなものが必要だと思っていたのですが……。もしかして従魔の契約は私が思っているよりも簡単なんですかね。まあ、知識がないので深く考えてもどうにもなりません。ここは一件落着ということにしておきましょうか。

さて、結果的にカタストロフドラゴンを相棒にすることに成功して一件落着と言いましたが、一難去ってまた一難とはこのことです。

カタストロフドラゴンを私の従魔にしたのはいいものの、この巨体をどうやって連れていきましょう……。

扉から出るのは……物理的に無理ですね。扉は大きいですが、それでも常識の範囲内です。カタストロフドラゴンが通れる大きさではない。そんなことはさせませんが仮に無理やり通らせても、この階層を崩壊させてしまう可能性が大いにあります。

そういえば『召喚魔術』というのだから、魔物を召喚することが可能ですよね。とすれば、どこかに召喚に応じるために待機できる空間があると思います。

一時的にそこへ戻ってもらうことも考えましたが、せっかく相棒ができたのだから一緒に行動したい気持ちもあります。いえ、むしろ一緒に行動したいがために従魔にしたのです。

「……どうしましょう……困りました」

答えが見つからずそう呟くと、カタストロフドラゴンは突然光り輝き、蒸気に包まれていきました。突然の出来事に何ごとかと思ったのも束の間、蒸気が晴れて現れたのは黒い鱗に紅色の瞳、翼をパタパタと羽ばたかせる小さなドラゴンでした。これはもしかしなくとも——

「あの……カタストロフドラゴン……ですよね？」

「キュイ‼」

先ほど猛々しい咆哮を上げていたドラゴンとは思えないほどの、かわいらしい鳴き声。

ああ、なんとかわいらしいのでしょう。私は思わず抱きしめてしまいました。

ツヤツヤの鱗に少しだけひんやりとした体。そして柔らかい手や足。触っていて気持ちいいです。このかわいさ、私の内に眠る何かが目覚めてしまいそう。

「キュウ～」

おっと、少し苦しそうにしています。興奮気味の自分を落ち着かせて……。

体の大きさが両手で抱えられるほどに小さくなったお陰で、扉も余裕で通れるようになりました。これで一緒に行動できます。

そういえば、従魔になったカタストロフドラゴンのステータスはどうなっているのでしょう？

フロアボスのステータスをそのまま引き継いでいるのであれば、この上ない戦力となります。

といいますか、そうなった場合は私がかなり霞みますね。

どうなっているか分からないので、取りあえず見てみましょう。従魔のステータスは私の意志で自由に見られるようです。

《個体名》崩天魔龍　カタストロフドラゴン
《名前》なし　《性別》メス
《称号》〝大迷宮に君臨せし者〟　〝龍王〟　〝破壊の王〟　〝聖魔女のペット〟
《ステータス》《基礎±補正》
レベル　１０８２
生命力　18万１８８１（10万９８８１＋７万２０００）
魔　力　26万８７７２（15万６７７２＋11万２０００）
持久力　17万２３１２（10万３１２＋７万２０００）
攻撃力　16万３０２１（５万１０２１＋11万２０００）
防御力　17万４３８７（10万２３８７＋７万２０００）
精神力　22万４３１１（15万２３１１＋７万２０００）
スキル
『生命力自動回復』『魔力自動回復』『持久力自動回復』『消費魔力激減』

『物理威力上昇』『魔術威力上昇』『獄炎魔術』『氷獄魔術』『暴風魔術』『地烈魔術』
『神雷魔術』『聖光魔術』『暗黒魔術』『崩壊魔術』『龍王魔術』『物理攻撃耐性』
『全属性耐性』『状態異常耐性』『龍王闘気』『龍王覇気』『覇者』『支配者』
『天獄』『龍王の加護』『破壊の加護』
NEW
『魔力障壁自動発動』『召喚魔術』『空間魔術』『毒魔術』『麻痺魔術』『石化魔術』
『治癒魔術』『魔力感知』『鑑定』『隠密』『隠蔽』『悪食』『五感強化』
『魔術威力・状態異常付与成功率・思考加速・治癒効果上昇』『長文詠唱破棄』
『並列詠唱』『多重詠唱』『聖魔女の加護』『白亜の魔道』『漆黒の魔道』

称号〝聖魔女のペット〟
条件・聖魔女の従魔になる
権能・上位職業『聖魔女』の権能を習得可能(ステータスに弱体化を与える効果は無効)
・武器のスキルを含め、主人の持つスキルを習得可能

どこから指摘していけばいいか混乱していますが、まずはここからいきましょうか。

カタストロフドラゴンは女の子だったのですね。そこにまず驚きです。あの威厳ある姿を見れば男の子にも見えました。でも女の子ならそれはそれでいいです。むしろ女の子同士仲良くなれる気がしますので、アリです。

次に各ステータスですが、こちらは変わっていますね。

基本ステータスは私のものと同じです。そこにカタストロフドラゴンが持つ補正数値、『聖魔女の加護』による補正数値が加算されて、この子のステータスとなっています。

従魔の基本ステータスは、いくらもともとが高くても主人の基本ステータスまで制限されてしまうのですね。世の中そこまで上手くいかないということですか。まあ、従魔が過剰に強いというのは主人としての尊厳がなくなると思うので、よかった気もします。

しかし、非常に残念なのは確かなことです。

私の従魔になったことで、カタストロフドラゴンの攻撃力が減少している。ただ、それでも補正込みで攻撃力は16万を超えています。これでも十分過ぎる数値だと思いますが、本来のものと比べてしまうと……。

あと、少し気に入らないのは私のマイナス補正が称号で消されていることですかね。私もこの子と同等の攻撃力が欲しかったのが本音です。

スキルに関しては、私とカタストロフドラゴンが持つスキルが合わさった感じです。これで終わりにしても問題ないでしょう。

ちなみにですが、私もカタストロフドラゴンのスキルを習得していました。称号〝崩天魔龍の主人〟の権能です。

称号〝崩天魔龍の主人〟
条件・崩天魔龍の主人になる
権能・従魔の持つスキルを習得可能

この称号のお陰で、カタストロフドラゴンのスキルを習得できました。さらにはスキルによる補正でステータスもかなり上昇したのです。……カタストロフドラゴンの補正数値をもってしても、結局魔力と精神力も上昇するため私の攻撃力はマイナスから下がらないので、いまだに1なんですけどね！

よっ、相変わらずの虫以下攻撃力‼

自分で思っていて悲しくなります。カタストロフドラゴンの称号にある「弱体化を与える効果は無効」というのが羨ましい……。ですがこれは仕方ないので、もう気にしたら負けということにします。そうするしかないのです。

それじゃあ、最後に決めなければならないことがありますね。

この子の名前ですよ。

カタストロフドラゴンなんて呼ぶのは長いので、名前が必要でしょう。ステータスにも個体名だけで名前は〝なし〟と書かれていましたし。

そうですねぇ、カタストロフドラゴンですか。

意味は恐ろしいですが彼女も女の子です。その名に相応しい名前でもいいですが、やはりこはかわいい名前の方がいいですよね。

「……決めました。タルトにしましょう。カタストロフの〝ダスト〟の部分を少し変えてかわいらしい名前にしてみましたが、どうですか？」

「キュイキュイ!!」

タルトは喜んで鳴いています。気に入ったようで安心しました。

私の新しい冒険の仲間、タルト。この子と一緒にいろいろな世界を巡ることになるでしょう。ですが世界を巡るためにも、まずはここを出なければなりません。

本音を言えば、寂しかった一人旅もここで終了です。ここからは、タルトと共に地上を目指して先へ進みましょう。

タルトの活躍といったら、それはもう本当に素晴らしいものです。

休憩を挟みつつもどんどんオルフェノク地下大迷宮を進む私たちですが、当然のことながら行く手を阻む魔物たちはたくさん出現します。しかしながら、オルフェノク地下大迷宮最強にして最後のフロアボス――カタストロフドラゴンのタルトにかかれば何も問題ありません。小さい体になってステータスも本来より大きく下がっているにもかかわらず、力の限りを尽くして魔物たちを倒していきます。

タルトが魔物を減らしてくれているお陰で、私も魔力を多く消費せずに済む。こちらとしても非常に助かっていますね。

そして何より、私の役に立ったことに喜ぶタルトがかわいいんですよ。

魔物が出現して私に危害を加えようとしてきたら、私の出番が来ることなく倒してしまう。そのあとに私のもとに戻ってきて、「褒(ほ)めて、褒めて！」と言わんばかりの素振りを見せます。

喜びを全身で表現している姿はとても愛らしいのです。この感情、これはもしかして親バカならぬ主人バカなのでしょうか？　私自身自覚はなかったですが、そうなのかもしれませんね……。

そんなタルトとの冒険も、結構な時間が経過しようとしています。

だいたい10時間くらいですかね。進んだ距離はというと、最下層である400階層から始まって現在374階層まで進みました。

各階層は広大なだけあって上に続く階段を見つけるのにも一苦労です。比較対象がないので分かりませんが、これでも早い方だと思いますよ。

まだまだ動けるので、ここからさらにペースを早めていこう――と思いましたが、少し前から魔物が徐々に強くなっているのを確認しています。

世間一般では常識なことなのですが、魔物は夜間になると凶暴性が増し活発になると言われています。タルトの場合は……従魔になったから影響が出ていないのでしょうか。従魔に関しての知識は浅いのでその辺はどうか分からないです。なぜ夜間にのみ、そのようなことが起こるのかは解明されていません。私は3年も外界からの情報が遮断されているので、もしかすると知らぬ間に解明されているかもしれませんが。

それで話は戻りますが、夜間の移動については一時中断することにします。

おそらく私とタルトであれば、凶暴性が増した魔物が増えようが移動を続行しても問題ないと思います。しかし体は問題なくとも精神的疲労、何より移動でお腹は空きます。ご飯を食べるためにも一度休憩を取るべきでしょう。横にいるタルトのお腹もぐるぐると鳴っていることですし。

ただ、流石にダンジョンの通路の真ん中で休むわけにはいきません。魔物の通り道でもある場所では休むに休めないので、適度に広い場所を見つけます。

幸いにも、今いる場所からそれほど時間もかからずによい場所を見つけることができました。

念のため周囲に魔物がいないか確認してみましたが、魔物の反応はなかったので大丈夫そうですね。

「続きは明日にして今日はここで休みますか」

「キュゥ！」

それでは夜営の準備を始めます。

まずは、魔物がここを見つけて襲いかかってきても大丈夫なように、結界を張ります。

先ほど周囲に魔物がいないか確認しましたが、それは今に限った話で、警戒が薄れている睡眠時には私たちの匂いなどを嗅ぎつけて近寄ってくるかもしれません。この生活も長いので魔物の気配が近づいてきたら分かります。睡眠の邪魔をされて寝起きで戦闘を始めるのもできなくはないですが、極力したくないです。

そういうわけですので、魔物に気付かれても壊れない結界を張ります。その結界というのは、『聖光魔術』の【聖光領域結界（ホーリーフィールド）】というものです。

私が【聖光領域結界】と唱えると、直径でだいたい10メートルほどの広さの結界がドーム状に現れます。私とタルトだけでは広すぎる気もしますが、まあいいでしょう。気になれば広さを調整すればいいだけです。耐久力は『魔力障壁』と同じ原理ですので、私の精神力を上回る攻撃が来ない限りは破られることはないです。

階層も上がっていますので、魔物も少しですが弱くなっています。たとえ凶暴性が増していようと、この付近には【聖光領域結界】を破れるだけの攻撃ができる魔物はいないので大丈夫です。

安全地帯を確保したので、次は食事の準備ですね。食事といってもあるのは途中で狩った魔物の肉しかありませんが……。

食料に関して困ることはありません。なぜならその辺を歩いている魔物がいます。お腹が空けば、適当に魔物を狩ればいいだけの話ですから。

ですがその……魔物の肉は味がちょっと……。

もちろん魔物の肉には美味しいものもありますよ。中には高級なお店で出されるような、口に入れた瞬間にとろけてしまう極上の肉だってあるのです。しかし、たいていの魔物の肉はハズレ。当たり肉など稀ですよ。私もあまりの不味さに何度口から出してしまったことか……。

でもこれは当たりかもしれない……みたいな一種の中毒性もあるのでやめられないんですよね。

そんな苦い経験をし続けたある日、条件を満たして獲得したのが『悪食』というスキルなのです。

スキル『悪食』
条件・魔物の肉を500回食する
権能・どんな魔物の肉でも味が多少よくなる
・魔物の肉により生命力、魔力、持久力が回復する

個人的には、〝多少〟ではなく〝かなり〟味がよくなるになってほしかったなと思っています。そうすれば文句なしでした。

『悪食』を獲得してからは、魔物のハズレ肉も本当に多少はマシになりました。それでも、このスキルが通用しない破壊的な不味さもあって、口から出してしまうこともありますけどね。

ああ……。3年も魔物の肉しか食べていないので地上の美味しいご飯が恋しくなってきました。当たり前のこととは、失って初めてその大切さが分かるのですね……。

決めました。地上に出たら、美味しいものをお腹いっぱいになるまで食べに行きましょう。

これは絶対の絶対です。

タルトも私のスキルを獲得したので『悪食』を持っていますが……もともと魔物なので、魔物の肉を食べるのに抵抗はないのでしょう。今も夢中でムシャムシャ食べています。

今回用意した肉は美味しくもなく不味くもない中途半端なものでしたが、タルトは満足そうに食べています。私とは味覚が異なるのですかね。

まあ、そんなことどうでもいいんですけどね。私は口いっぱいに頬張るかわいいタルトの姿を見ているだけで満足なのですから。

結構な量の肉を用意したはずが、もう何も残っていない。ほとんどタルトが食べ尽くしました。これは地上に出た時、タルトと一緒にご飯を食べるとなると食費が大変なことになりそうな予感がします。

タルトはお腹いっぱいになって満足したのか眠ってしまいました。その寝顔を見ていると、なんだか私まで眠くなってきます。食べてすぐ寝るのは体によくありませんが、明日たくさん動けばいいですよね。

たとえダンジョン内でも、【聖光領域結界（ホーリーフィールド）】の中は安全なので心配ありません。魔物の活性化が解けるまでひと眠りします。

そして翌日。時間的にはたぶん朝です。私の体内時計がそう告げています。

タルトよりも先に目が覚めて、【聖光領域結界（ホーリーフィールド）】の外を見てみるとそこには倒れた魔物がちらほらと。

そういえば、これには直接的な攻撃を跳ね返す効果もあったような……。それでダメージを負ったのでしょう。あまり使う機会がなかったので忘れていましたが、ものは考えようです。2人分の朝食の確保ができたと考えればいいですね。

ちなみに【聖光領域結界（ホーリーフィールド）】内では外界からの音が遮断されているので、魔物が襲撃してきても気付かないのです。でも流石に結界が破壊されたら音で気付きますよ。私もそこまで鈍感ではありませんから。

さて、横を見てみると、ぐっすりと眠ったタルトがいます。

こんなに気持ちよさそうに寝ているところを起こすのは申し訳ないですが、そのままにしておくと起きない気がするので起こしましょう。

「ほらタルト、起きて」

「……ンキュゥ～」

どうやらタルトは起きるのが苦手のようですね。私の声を聞いて起きようと頑張ってはいますが、体をモゾモゾさせています。

まったく、仕方ないですね。きっと朝食の匂いで起きると思いますし、それまでは寝かせておきましょうか。

私は立ち上がり、魔物を回収して朝食を作ろうと思ったのですが——

「——ッ⁉」

——突然走る頭痛。

痛みはそれほど強くないです。でもたった数秒ほどの時間でしたが、その間に奇妙な映像が流れ込んできました。


『タルトは相変わらず朝は苦手のようですね。もうそろそろ私が起こさずとも自分で起きてほしいものですが……』

『■■■様、朝食の準備ができました。おや、まだタルト殿はおやすみですか？』

『ええ。皆には少し遅れると伝えてください。私はタルトを起こしてから行きます』

『かしこまりました。それでは失礼します』


そこで映像は途切れました。

屋敷のような大部屋にタルトともう一人——顔は鮮明に見えなかったので誰なのかは分かりませんが、なんとなく私に似ていたような気もします。あとは執事服を着た男性がいました。

この方も顔は鮮明に見えなかったです。

今の光景は一体なんだったのでしょう。それに、なぜタルトがあんな場所に……？

以前タルトと初めて会った時に懐かしいような感じがしました。あれは気のせいと思っていましたが、もしかすると今の映像と何か関係があるとか？

……考えても仕方ありません。ひとまず、この件は後回しにします。

頭痛も治まったので、朝食作りに戻ります。

まずは結界の外にいる魔物たちですね。取りあえず魔物の死体を結界内へ移動させます。そのあとは解体して肉と素材に分けます。

ちなみに、魔物は死体になって一定時間その場に留まっていると、朽ちて大気中に分解されます。これは大気中に存在する〝魔素〟というものによって起こる現象です。

魔素によって分解された魔物は、新しい魔物を産み出すための養分になると冒険者講習会で聞いたことがあります。

そう習いましたけど、せっかく倒した魔物を放置する冒険者はいないと思いますけどね。魔物から取れる素材はお金になりますし。

魔素に関しては、もう一つ説明があります。

先の説明であった魔物の分解ですが、実はそれには魔素の濃度が関係しています。

濃度が濃ければ分解する速度は速くなり、薄ければ遅くなる。その濃度はダンジョンの下層に近づくほど濃くなります。

今いる場所も結構な濃さです。でも濃いからといって人体に影響はなく、むしろ消費した魔力を短時間で回復できるので日頃から助かっています。まあ、地上はそこまで魔素濃度が高くないので分解も回復も時間がかかると思いますね。でも私には『魔力自動回復』のスキルがあるので、魔素濃度に関係なく魔力の回復ができるはずです。

そうそう、忘れてはいけないのが、魔素濃度が高くて魔物の死体が分解されるのなら、ここで回収した素材もそのままにしておくと分解されてしまうということです。

でも安心してください、解決策はあります。

魔術には『空間魔術』というものがあり、その魔術には【異次元収納箱(アイテムボックス)】という魔術が存在します。これを使用して魔物の素材などを入れておけば、魔素の影響を受けないので分解されることはないです。ちなみに、デスサイズとの戦いで手に入れた死神の大鎌、あれは素材ではなく武器であるため魔素の影響は受けません。あと、今まで言っていませんでしたが、死神の大鎌も【異次元収納箱(アイテムボックス)】の中に入っています。

おっと、話が少し脱線しました。

便利な魔術【異次元収納箱(アイテムボックス)】ですが、必ずしも全員が使えるわけではありません。基本的には『黒魔道士』や『賢者』など、魔術を得意とする人しか使えません。

しかし、【異次元収納箱（アイテムボックス）】でなくとも似たような効果を持つ道具が存在します。それが〝異次元袋（アイテムバッグ）〟という道具です。『黒魔道士』などがいないパーティー、もしくは、いても使用できないパーティーはお世話になっているはずです。

役割は【異次元収納箱（アイテムボックス）】と変わりません。ただ、安物だと収納可能な容量が少ないので容量の大きい高額の物を買うか、『空間魔術』が使える冒険者をパーティーに入れるかのどちらかですね。

ダンジョンなどで持ち帰った素材は冒険者ギルドなどで売却するか、武器や防具、道具などに加工するかの二択です。

実は魔物の素材を加工すると分解される現象がなくなります。これは『鍛冶師』が持つ特殊なスキルが関係しているみたいです。でも早めにやっておかないと分解が少しずつ進んでしまい、品質が落ちて売却するにも値段が下がったり、耐久性が低くなったりするので注意が必要です。

だいたいこんな感じですね。

こうしている間にも解体は終わりました。これでも私はここでの生活が長いため、解体技術も上がっています。たぶんある程度の魔物は解体できると思いますね。

大型の魔物も何体かいたので量もあります。しかし、タルトはこれをぺろりと平らげてしまうのでしょう。流石に朝食に全部は使えないので、半分は【異次元収納箱(アイテムボックス)】に入れておきます。

私の【異次元収納箱(アイテムボックス)】は20メートル四方ほどの広さ——と思っていたのですが、魔物の肉を収納する時に確認してみると、タルトと契約を交わしてステータスが上がったのが理由か、さらに広くなっていました。

もともと収納している物は少なかったですが、さらに広くなったと考えるとなんだか虚しく感じます。この虚しさを埋めるためにも、今後は倒した魔物を持ち帰ることにしましょう。

話は変わりますが、こう見えて私はお金を持っていません。いえ、厳密に言えばありました。以前、冒険者ライセンスについてはお話ししたはずです。あれには通帳の役割もあります。コツコツとお金を貯めていて結構な額にまで達していたのですが、年に1度ライセンス更新をしないと有効期限が切れた冒険者ライセンスはただの紙切れ同然なのです。だから私は390階層で水晶に記録できずにいました。

当然のことながら3年も更新していないので、私が貯めたお金はもうどこにもないですよ。理不尽だと思いますけど、1回更新すれば1年は有効。そして1年も期限があり更新も大して時間はかからない。更新は全ての冒険者ギルドで可能で、半年に1回更新するのが目安。やらなかった方が悪い。冒険者講習会でも注意するようにと何回も言われましたよ。

なんとも厳しいルールですよ、まったく……。でもルールはルールなので文句は言えません。

地上に出ても資金が一銭もなければ美味しいものも食べられないので、冒険者ギルドやお店で魔物を売ってお金に換えましょう。また一から貯金を始めなければいけませんが、オルフェノク地下大迷宮の魔物の素材がこれだけあれば十分な金額になるはずです。

そういえば、パーティーメンバーが不慮の事故で死亡もしくは行方不明になった場合、預けていたアイテムやお金を相続できるなんて話を聞いたことがあります。

私が貯めたお金は、アドルたちに使われた可能性が高いですね。使われないよりは誰かに使われた方がマシかもしれませんが……それでもアドルたちに使われるのはいい気がしませんね。

戦力外通告されたあの時、最後だからと快く同行を許してくれたのはそういった意味があったのかもしれません。過ぎたことであり可能性の話に腹を立てても仕方ないですが、彼らが私にしたことを考えると、どうしようもなく苛立(いらだ)ってしまいます。

「……キュ？」

拠点として使っていた家屋から持ってきたフライパンで魔物の肉を炒(いた)めていたら、後ろからかわいらしい声が聞こえました。

どうやらタルトも目が覚めたようです。そして、この苛立ちを収めてくれるが如く、タルトがパタパタと羽を羽ばたかせて側に寄ってきました。

ああ、本当にこの子は私の癒しです。『治癒魔術』では治せないものを、この子は簡単に治してくれます。

「ありがとう、タルト。もうすぐ朝食ができますから、いい子に待っていてくださいね」

「キュウッ！」

タルトは元気よく返事をして私の隣に座ります。

私はお利口さんにして待っているタルトの頭を撫でました。もうタルトなしでは生きていけない気がしますね。

アドルたちのことを考えるのはやめましょう。彼らの顔が浮かぶと、タルトを愛でることに集中できません。

それに彼らも、私のことなんて既に死んでいると思っているでしょう。

どうせ今も冒険者を続けているだろうし、そこに私が現れて驚かせようとも考えましたが、こんな広い世界でアドルたちと遭遇するのは難しいですね。私もできればアドルたちの顔は見たくないので、遭遇しなくて結構なんですが。

そんなことを思いつつ、調理を終わらせて朝食をとります。

朝から魔物の肉のステーキなんて重いと思います。でも調達できる魔物の肉だけで作れるのがステーキ――ただ焼いただけで料理と言っていいのか分かりませんけど――しかないので仕方ありません。お腹いっぱいになったら地上への移動を再開します。

「キュ～キュキュゥ～」

ご飯をたくさん食べてご機嫌なのか、鼻歌を歌っているタルトです。

あまり大きな音を出すと魔物に気付かれる可能性がありますが、タルトが楽しそうに歌っているのを見るとやめさせるのは申し訳ない気がします。

止める気は微塵もないのでこの際、私もタルトと一緒に鼻歌を歌いながら進むことにしました。もうこの際、魔物を呼び寄せてしまっても構いません。どうせこんな場所を歩いているのですから、遅かれ早かれ魔物と遭遇すると思います。それに楽しい気分を共有すれば面白みのない殺風景な洞窟だって楽しくなりますよ。

それはそうと、ダンジョンの階層を上がっていくほど魔物は弱くなっています。

まあ、全てのダンジョンに言えますが、下に行けば行くほど魔物が強くなるオルフェノク地下大迷宮です。そのダンジョンを最下層から上に上がっているのですから当然のことですね。

ここまでの道中で出現した魔物は、既にお金にしか見えません。

討伐して回収。その繰り返しで以前は虚しかった【異次元収納箱】も、今では容量の10分の1ほどまで埋まっています。


えっ、たったの10分の1？　少なくない？


そう思われそうですが、私だって【異次元収納箱】を埋め尽くすぐらいの勢いで行きたいですよ。でも容量があり過ぎて、魔物を収納しても驚くほど余裕があります。

これだけの容量を有しているのであれば、オルフェノク地下大迷宮の魔物を全て収納しても大丈夫……いえ、これは話を盛りました。流石に全ては無理です。

できれば最下層付近でもう少し集めておきたかったところですが、私の優先すべきことは地上への帰還です。隅から隅まで探して倒すのは時間がかかるため、遭遇した魔物だけ狩っているという感じです。だから思ったよりもいっぱいにはなっていません。

さて、なんだかんだ楽しくなってきた地上への帰還ですが、オルフェノク地下大迷宮を進んでいると思わぬ光景に遭遇しました。

通路の先に広がっていたのは大きな湖です。最下層にあったものより大きいですね。上を見ると水晶のようなものが生えています。どうやらあれが光源になっているようです。

そして湖は透き通った水が煌(きら)びやかに光っていて、とても綺麗(きれい)ですね。自然が生み出した芸術といってもいいでしょう。

しかしながら、ここを通るにも足場がありませんね。辺りをよく見回してみても天井から自然によって作られた石柱が湖に刺さっているだけで、足場に利用できるものはありません。

ただ、向かい側に先へ繋がる通路があって、その場所には人が2、3人並んで立てるだろう大きさの足場が広がっていました。スキル『五感強化』で視覚を強化して確認したので間違いないです。

状況を確信したところで私が取れる行動は――

1、『浮遊魔術』で一気に向こうの足場まで渡る。

2、『獄炎魔術』で湖全域を蒸発させて湖底を歩く。

3、『氷獄魔術』で湖全域を凍らせ歩いて渡る。

4、普通に向こう岸まで泳ぐ。

この選択肢の中では1が妥当ですよね。

私は『浮遊魔術』で空を飛べるのだから使うべきでしょう。

これだけ綺麗な水でも魔物はいるかもしれませんが、急に飛び出して襲いかかってこられても『魔力障壁自動発動』があるので問題はないです。

選択肢2と4は論外ですね。

まず、2については一応可能ではあります。

『獄炎魔術』――【獄炎魔弾(インフェルノ)】という魔術で湖を蒸発させることができます。そのついでに水中に潜んでいるかもしれない魔物も一掃できるでしょう。

しかし、炎系統――というよりは爆発に近い魔術は衝撃で辺り一帯の空間を崩壊させる危険があるので、洞窟や狭い場所では使用は極力控えています。それに湖で使用して水を干からびさせても、結局『浮遊魔術』で飛んでいく羽目になります。

でも、この方法を思いついた今、最短距離で行くのなら天井に高火力の魔術を放って地上への直通ルートを作るという手段も悪くないですね。

ダンジョンの壁や天井は堅牢です。衝撃などによって一部が壊れることもありますが、厚さで言うと数センチから数十センチ程度です。

やってみないと分かりませんが、私の魔術であれば破壊できるかもしれません。

300階層以上を打ち抜くのは難しいと思いますけど、できたとしたらそれこそ『浮遊魔術』で飛んでいける。一発でなくても何発か打てばいいわけですし。そうすれば、あっという間に地上へ出られます。……オルフェノク地下大迷宮の崩壊と引き換えに。

しかし、ここには3年間過ごした思い出があります。それにオルフェノク地下大迷宮の上層には他の冒険者が探索に来ているかもしれないので、巻き込んだら確実に死なせてしまうでしょう。被害者を出さないためにも、この案はやめましょうか。

最後に4については――ちょっと事情がありまして……。

ここだけの話、私は泳げません。底が深ければ勝手に沈みます。必死に手足をバタつかせても沈んでいきます。

誰だって苦手なものがあるように、私だって苦手なことの1つや2つあるのですよ。

そしてこれを機に克服をなんて馬鹿なことは考えません。水中には魔物がいるかもしれないのですよ。ただでさえ焦っているところに魔物なんかが襲ってきたら、タルトから獲得した『崩壊魔術』なるものを使ってしまうかもしれません。

字面からして危険な香りがするので試すなら屋外で試そうと思っていますが、うっかり使ってオルフェノク地下大迷宮を〝崩壊〟させるわけにはいかないでしょう?

だから選択肢4は選択肢2以上に論外なのです。

一応、選択肢3もありますが、これに関しては可もなく不可もなし。

デスサイズ戦で時に使った【絶対零度(アブソリュート・ゼロ)】を湖に向かって使えば、湖全域は凍るでしょう。同時に魔物も凍るので処理できます。ですがツルツルになった地面を歩くのは転んでしまう恐れがありますね。後ろから転んで後頭部を強くぶつけた日には悶絶(もんぜつ)しますよ。昔、最下層で足を滑らせて岩に後頭部をぶつけた時がありますから経験済みです。

私って意外にドジなところがあったり？

いやいや、気のせいでしょう。私がそんなドジな子なわけありませんよ。

しかし、〝滑る〟ですか……。

実は北の国では底に刃がついた靴を履いて氷の上を滑る遊びがあると、冒険者ギルドで聞いたことがあるのです。確か……アイススケートという遊びでしたか。

実際にやってみようにも場所がなかったですし、興味もそこまでありませんでしたが、できる環境があるならやってみるのもアリです。この3年間、一切の娯楽がなかったので、たまには遊んでもいいでしょう。

地上を目指すのを優先すべきだから時間の無駄では、と言われても私はやります。人間張り詰めてばかりではいずれ壊れてしまいますからね。息抜きも必要なのですよ。息抜きするほど苦労してないですが……。

とにかく、『浮遊魔術』で飛んで行くのはやめて少しだけ遊びましょう。

そうと決まれば、即実行。

まずはお馴染みの【絶対零度(アブソリュート・ゼロ)】で湖全域を凍らせます。

湖は一瞬で凍りましたが、凹凸はありますね。これでは引っかかって十分に滑れません。適当に『暴風魔術』でカットしましょう。

『暴風魔術』発動のために適当に詠唱して、杖で薙ぎ払い、隆起している部分を切り平面へ。切られた部分も同様に『暴風魔術』で粉々に切り刻みます。

さて、これで簡単に場所が完成しました。少し寒いですが、我慢して早速アイススケートというので遊んでみましょう。

忘れてはいけないのが、氷上を滑るために欠かせない刃。魔物の牙などで作ってみようと思いましたが、削りすぎて失敗しては元に戻らないので、同じく氷獄魔術で靴底に刃らしきものを作ります。でも靴底に刃のみを作るのは難しかったので、結局靴全体を凍らせて刃と一体化されています。その結果、足元は冷え冷えです。

これで準備は完了です。それでは早速遊んでみましょう。

私はバランスを取りながら氷上へ一歩踏み出します。しかし——

「キュイ!?」

急にタルトが驚くような声を上げたので、何ごとか振り返ろうとしましたが、視界に入ったのはタルトではなく部屋の天井。そして頭へ響く激しい鈍痛。

「……くぅぅぅぅっ……」

私は後頭部を両手で押さえて地面をバタバタと転がります。バランスを崩して後ろから転んだようです。アイススケートとは思っている以上に難しいようです。

咄嗟の出来事すぎて、『魔力障壁』を展開して未然に防ぐことができなかった……。

実は『魔力障壁自動発動』には欠点があります。

自動発動と称しておきながらこのスキルは私に向けられた敵意や殺意に対して自動で発動するものであり、それ以外は自分で発動しなければならないということです。

自動発動とは？　と問いたくなります。ならそのこともスキルの説明に加えてくださいよ。

一度経験しているにもかかわらず忘れていた私も悪いですけどね。

戦闘時はだいたい敵意や殺意を向けられるので常時『魔力障壁』が展開されますけど、こういう場合は発動しません。今後は忘れずに気を付けます。

しかし転んでも諦める私ではありません。私にはオルフェノク地下大迷宮で鍛えられた不屈の闘志があります。難しいから諦めるのではなく、難しいからこそ挑戦する意味があるのですよ。あっ、次は転んでもダメージを軽減できるよう忘れずに『魔力障壁』を張っておきます。

それから私は時間を忘れ、夢中になってアイススケートの練習をしました。そしてだいたい20分もしないうちに、転ぶことなく滑れるようになりました。

アイススケートとは、慣れれば簡単ですし楽しいですね。

最初に作った刃だと鋭くし過ぎたせいで安定せずに転んでばかりでしたが、靴底の刃に改良を加えると自由自在に滑ることができます。もしかすると私にはアイススケートの才能があるのかもしれませんね。

って、こういうことを言っていると、よからぬことが起きるのでほどほどにしておきましょう。

環境が揃(そろ)っていたからやってみたアイススケートでしたが、これは娯楽以外にも戦闘で役に立ちそうです。

地上限定ではありますが、氷の上を滑るだけなので走って移動する時と違って持久力をあまり消費しません。

持久力は完全に消費しきってしまうと、一定量回復しないと走ることができなかったり動きが制限されたりしますからね。魔物相手にそうなれば、攻撃の的でしかありません。最悪ボコボコにされて死ぬでしょう。私の場合は魔力が尽きない限りは『浮遊魔術』でいくらでも空を

飛べますし、『魔力障壁』が自動で発動するのでボコボコにされることはないと思いますが。

　そして、地面を氷に変えることでできる利点がもう一つ。

　ただ地面を凍らせるだけでも、相手の行動を封じることができますよ。

　足の裏にトゲなどの滑り止めがあったり、空を飛べたりする相手では話が変わってきますが、対策できていない相手には効果覿面です。動けばツルツル路面に足を取られ転倒。その隙に魔術を使えば、一方的に攻撃を与えることができます。

　そのためにも、滑りながら魔術を使う練習をしなければいけませんね。

　これがまた、集中力を使います。主に足元です。

　魔術は『長文詠唱破棄』により詠唱を省略で発動できます。しかし、慣れたからといってまだまだアイススケートの腕は魔術よりも下です。転びそうになる時も少々あります。

　転ばないためにも意識は足元へ。魔術は二の次で全然構いません。

　部屋の中心に『氷獄魔術』にて的を造形します。

　魔術の威力や強度は使用者の魔力値に比例するので、私の作る氷の的は生半可な一撃では破壊できません。もちろん威力や強度の調整は可能ですよ。そうでなければ万が一、人に向けて使った時に死人が出ます。

　作った氷の的を中心に、時計回りで滑っていきます。

速度はそれなりに出ています。臆病になっていては逆に転んでしまうので、速度に恐れず滑ります。

そういえばこの状況、タルトと名付ける前のカタストロフドラゴン戦と同じですね。

あの時は走って移動していたので、持久力も消費していました。持久力が他の人より多少あるからといって、疲れることに変わりないのですよ。でも先ほども言ったように滑るという行為は持久力をあまり消費しません。もっと早くこれを戦いに取り入れていれば、疲労も少なかったはず。

まあ、今さら過去のことを「ああしたらよかった。こうしたらよかった」などと思い返しても無意味ですね。重要なのは、その経験を今後どう活かすかです。

ところで私がアイススケートで遊んでいるのに夢中になっている間、タルトは何をしていたのでしょう。思わず放置してしまって悪いことをしてしまいました。

私は氷の上を滑りながらタルトを探します。するとタルトは氷の地面を見つめていました。

「じっと見つめていますけど、どうかしましたか？」

「キュイキュイ！」

タルトが下に向かって指をさします。

そっちを見てみると、氷の中に魔物の姿がありました。やはりここには魔物が潜んでいましたね。既に凍っているので、水中にいた魔物たちが動くことはないと思います。

しかし、それだけではないようです。タルトが伝えたかったのは別の物。

タルトが指をさした方向をよく見てみると、微(かす)かにですが箱のような物があるように見えました。

おそらくダンジョン内に存在する宝箱なのでしょう。

宝箱にはアイテムや装備などが入っており、階層が深ければ深いほど希少価値の高いアイテムが入っているのです。希少価値が高いので、売ったら一生暮らせるような大金になるアイテムがあったりします。一攫千金を狙って冒険者になる人も多いみたいです。

しかしながら、ダンジョンに出現する宝箱は少数です。さらに一度開けるとそれ以降その場所には宝箱が出現しません。ダンジョンに出現する宝箱の数は決まっていて、開けられたら別の場所に生成されるのかもしれませんね。

それはそうと、この下にあるのは宝箱で間違いないでしょう。

宝箱には微弱ではありますが特有の魔力が宿っています。これを感知しようにも微弱故に難しいです。ただ、今回は運良くタルトが見つけてくれました。本当にお手柄です。あとでたくさん褒めてあげましょう。

私は宝箱を底から引き上げました。

方法は、タルトから獲得した『支配者』というスキルを使いました。なんとこのスキル、例外なく物質などに自分の魔力が関与していたら自由自在に動かせるのです。

この湖は私の『氷獄魔術』――つまり私の魔力で発動させた魔術が水を凍らせているので、条件を満たしています。

宝箱は氷塊の中にありますが、これも『支配者』により綺麗に削り取ります。

さあ、いよいよ中身とご対面です。

これもまた冒険者としての醍醐味。ワクワクしながら宝箱を開けます。

宝箱に入っていたのは――顔全体を覆う仮面ですね。凹凸はなく目の部分も空いていません。着けても見えるのでしょうか。仮面の色は黒を基調としてところどころに白い線が入っています。こういう時は取りあえず鑑定してみましょう。

名前『黒白の仮面』
権能・ステータス補正　なし
・『一体化』　装備しても視覚は妨害されない。任意で着脱可能。
・『変声』　声を変えることが可能。使用は任意で切り替え可能。

なんと言いますか、これはまた微妙な装備ですね。きっとハズレの部類に入るでしょう。

先ほど、階層は深ければ希少価値の高いアイテムが入っていると言いましたが、宝箱の中身も魔物の肉と同じようにハズレが存在します。危険を冒してまで深く潜り、見つけたのがハズレアイテムだった時はショックが大きいと思いますね。

このアイテムも使い道はあまりないような気がしますが、タルトが見つけたものですし、もらえるものはもらっておきましょう。

ちなみに物は試しと『黒白の仮面』を装備してみると、『一体化』のスキルが発動しているようで本当に視界がはっきりしています。でもちゃんと装備している感じがあるので、着けたまま忘れることはなさそう。

声も出してみましたが少し変わっています。自分ではない別の声が聞こえて何か変な感じです。でも、いつ使うかとなると……。

と、とにかくこれはちょっとしたオモシロ装備ですね。装備品としてこの世界に存在しているのですから、そのうち役に立つ日が来るでしょう。

さて、たくさん遊んだことですし、アイススケートにこれ以上時間を費やすと先に進まないのでこの辺で終了しましょう。

# 3章　異界からの来訪者

地上に向かう旅も2週間が経過しました。

私たちは現在オルフェノク地下大迷宮の197階層まで登ってきています。そう、やっと折り返し地点を突破しました。だいたい平均で1日に10～15階層、さらに魔物は弱くなっていく一方なので順調に進み、多い時は20階層近く一気に登った時もありましたね。

その間の思い出話は……ないですね。特別何かあったわけではありません。淡々と進んでいました。

なんでもいいから面白いことや驚くようなことが起こらないかなぁ。

なんて考えていたのが数分前の私です。ですが、ここにきて朗報です!!

実は今ですね、人間がいるのですよ。しかも4人。

私はタルトを連れて気付かれないように物陰にこそこそと隠れて、遠くから観察しています。

下層は強敵——私にしたら大したことない魔物ですが——がたくさん徘徊しています。弱い魔物を探す方が困難です。個人はもちろんのこと、パーティー全員が十分な実力を持ち、連携ができない限り下層への挑戦をすることはないでしょう。

でも中層辺り――オルフェノク地下大迷宮も197階層にもなれば、挑戦するために訪れるパーティーの1つや2つはありますね。彼らの目的は、200階層のフロアボスを攻略することでしょうね。

ちなみに私は無視してきました。タルトの時が特別だっただけで、わざわざ200階層のフロアボス部屋に入り直して挑むのは面倒なのでしません。

一応あの人たちが200階層のフロアボスが相手でも倒せるのか、『鑑定』でステータスを見てみます。

本当はこういうのは常識的に考えて控える方がいいです。だって私が今からやることは、個人情報を盗み見る行為と何も変わらないのですから。でも、他人からステータスを見られないようにする方法はいくらでもありますよ。私も持っていますけど、『隠蔽』というスキルとかでね。

だいたいレベルの高い冒険者は、相手にステータスを見られないように対策をしています。中には敢えて対策しない冒険者もいるようですけどね。

ちなみに私の有効期限が切れた冒険者ライセンスにも、ステータスが記載されています。そのライセンスに記載されている数値を誤魔化(ごまか)そうと改ざんする行為は禁止されています。違反したら、かなりの期限付きで冒険者ライセンスが剥奪(はくだつ)されます。まあ冒険者ギルドに提示した際に専用の機械で改ざんしていないかチェックされるので、そんなことする人はいないでしょう。

と、こうしている間にも、あの人たちのステータスを鑑定し終えました。

対策はしているようでしたが、難なく鑑定できました。もしかするとレベルの差が関係しているのかもしれません。

ここまで辿り着いたのですから、相当高いステータスであることは薄々気付いていました。でなければ、こんなところに来られるはずないです。

彼らのレベルは平均で170ぐらいでした。このレベルであれば、ここの階層付近でも油断しなければ問題ない数値です。200階層のフロアボスも大丈夫だと思います。

でも、その先に行くには難しいですね。オルフェノク地下大迷宮は250階層以降から魔物の強さが格段に上がります。彼らが今の倍以上のレベルがあればあるいは……しかしその場の勢いでは攻略できない魔の巣窟です。

まあそれは置いといて、パーティーのバランスは取れていますね。

役職を見るに前衛2人に後衛2人。ですが、『白魔道士』はいないようなので回復はポーションに頼っているのでしょう。

以前も言いましたが、ポーションは『白魔道士』がいなくても生命力を回復できる便利なアイテムです。しかし効力が高いものだと、それだけ値段が張るので十分な資金がない限りはオススメできません。ポーション頼みでここまで来たということは、このパーティーは結構稼いでいるのでしょうね。

さてさて、鑑定と考察を終えたところで——

久し振りの同族ですよ。アドルたちを最後に、３年間は魔物の顔しか見ていなかったので何かこう……かなり感動しています。

どうしましょうか。このまま話しかけてみましょうか。取りあえず——

こんにちは。調子はどうですか？

という風に、一見普通すぎる挨拶ですが一番安全でもありますね。冒険者たるもの情報交換は必須ですので、ここから話を広げていけばいいと思います。

よし、そうと決まれば早速あの人たちの前に出てみましょう。

と、一歩踏み出そうとしたところで、彼らの前に魔物が現れてしまいました。

なんてタイミングの悪い……。

ここでさらに私が出ていったら、注意が魔物から逸れてしまう可能性があります。それでパーティー全滅にでもなったりしたら、私は責任を取らなければいけません。

ここはじっくりとタイミングを窺いましょう。冒険者は獲物の横取りをしてはいけないという暗黙の了解がありますが、助けが必要とあれば援護します。

彼らの前に現れたのは、体長5メートルほどの大きな蜘蛛です。

……よりにもよって虫ですか。

実は私、泳ぎ以外にも虫が苦手なんです。昔の私なら気絶していますね。

標準サイズなら耐えられますよ。でもここはオルフェノク地下大迷宮。規格外の大きさを誇る虫系の魔物も存在します。

そんな環境で生活してきたわけですからあの大きさを見ても辛うじて平気ですが、それでもまだ苦手です。種類によっては気持ち悪くて全身の産毛が逆立ちます。今の私でこうなのですから、昔の私は泡吹いて倒れているでしょう。

その蜘蛛は『タイラントポイズンスパイダー』といいます。

鑑定で確認したところ、ステータスもオルフェノク地下大迷宮中層の魔物に相応しい数値です。私なら気持ち悪くて最大火力の魔術をドカンと一発放って終わらせますが、あの人たちはどう戦うのでしょう。

タイラントポイズンスパイダーは、彼らに向かって糸の塊を放ちます。

冒険者たちはそれを散開して回避。あの糸には粘着性があるようなので、捕まれば恰好の的になるでしょう。武器で受けても糸が絡まって使い物にならなくなるので、回避は正しい選択です。

顔が結構イケメン――『職業』は『剣士』の上位職業である『聖騎士』である男性がタイラントポイズンスパイダーの胴体目がけて斬り込もうとしています。

悪くはないと思いますが、私なら安易に近づかず遠距離攻撃などで様子を見ますね。

それに気付いたタイラントポイズンスパイダーは、口から紫色の液体を放出します。色から察するに間違いなく毒液でしょう。

イケメンの男性は回避するも腕に毒液がかかり、その部分の鎧が溶け始めます。

毒への耐性はあるようなので皮膚がほんの少しだけ溶ける程度で済みましたが、案の定毒状態になっています。

毒の影響で表情を苦しそうに歪ませている男性は、一度距離を取って解毒ポーションを取り出し飲みます。

その間に他の人たちは遠距離から攻撃を仕掛けていますね。後衛に攻撃の矛先がいかないように、もう一人の前衛が毒液に注意しつつ引き付けています。

最初からそうしていればいいものをと思いますが、何ごとも経験です。私だって何回も試行錯誤して倒せなかった魔物を倒したことがありますので。

そして20分の激闘を経て、彼らはタイラントポイズンスパイダーを見事討伐することができました。

討伐できたのはとても喜ばしいことですが、これで本当に２００階層のフロアボスを討伐できるのか少々不安になってきました。

まあ、魔物との相性もあるので冒険者の方が一枚上手だった、なんてことがあるかもしれませんね。平均レベルが１７０の冒険者たちなので経験も豊富でしょう。フロアボス戦では入念に作戦を練ったりするはずです。

戦闘が終了したところで声をかけようと思いましたが、やめておきましょう。

なぜやめたかというと理由はいろいろありますが、一番は私の存在ですね。

4人でやっと倒せた魔物が生息している場所に、私一人だけ――タルトがいるので一人ぼっちではないですよ。決してボッチとかではないです!!――いるのはあまりにも不自然。

それに道中で他の冒険者を見かけていないので、おそらく私を除き彼らが今オルフェノク地下大迷宮で一番深い場所にいます。

先ほどの戦闘は苦戦したとはいえ、ここまで来られる実力があるなら有名なはず。にもかかわらず、自分たちが知らない人間が急に出てきたらまず怪しむでしょう。

警戒されるのも私としては嬉しくないですし、疲弊しているところにさらなる緊張感を与えるのは彼らの精神的にもよくないので今回はやめようという判断です。

なにもこれが会話できる最後の機会ではありません。人との会話はもう少し上の階層に行ってからにしましょう。上の階層にもパーティーはいるはずです。ソロで活動している冒険者もいると思うので、上層に行けばちょっと強い冒険者でいけると思います。

そういうわけで、ここから去ります。同じ冒険者ですから縁があったらお話できるといいですね。

それからしばらく進みましたが、オルフェノク地下大迷宮にも攻略を目指すパーティーが増えてきました。それでも見かけた冒険者は20人にも満たないですけどね。
そんな中、私は今とあるパーティーの話を盗み聞きしています。所持スキルの一つ『隠密』により、ある程度は近づいても気付かれることはありません。
正面から堂々と話を聞けばいい？

私も最初はそうしようと思ったのですが、そのパーティーは全員なかなかに強面な男性たちだったのです。

話せば、そんなに怖い人たちじゃないかもしれません。見た目に反して優しい人なんて結構いますからね。しかし、それでも全員男性の中に女の子が混ざったら何が起こるか分からないじゃないですか。それに、ここはダンジョンの中ですよ？　あんなことやそんなことをされては遅いです。

あっ、でも『魔力障壁自動発動』があるから敵意などを持って手を出そうとしても、自動で『魔力障壁』が発動するので私に触れることはできませんね。……こそこそ隠れる必要もなかったです。まあ、ここでいきなり現れたら驚かせてしまうので今回はこのまま行きましょうか。離れて話を聞き逃すわけにもいかないですから。

なぜそこまで男性たちの話を聞きたいのかは、彼らが興味深い話をしているからです。どうやらその話の続きが始まるようです。

「おいおい、その話本当なのかよ？」

「ああ、間違いない。世界でも数少ない職業である勇者様が、このオルフェノク地下大迷宮に挑戦するって冒険者ギルドで聞いたからな」

そう。上位の『職業』でもかなり珍しい『勇者』が、このオルフェノク地下大迷宮に挑戦しているようなのです。

３年前の情報なので確かなものではありませんが、私が知る限りでは『勇者』は5人います。

珍しい『職業』なだけあって『勇者』に選ばれた者の名前はすぐに世間に広がっていきます。

これは『勇者』に選ばれた者の運命なのでしょう。

しかも『勇者』は、ステータスの数値がかなり高いと聞きます。

物語などに出てくる『勇者』を連想すると思いますが、たいていは強いですよね。弱い『勇者』はあまり聞いたことがありません。……いや、誰だって最初は弱いですね。３年前の私のように。最初から強い人なんていないです。今の発言は取り消します。

でもステータスは高いでしょう。『勇者』である以上、期待されてそれに応えるために強くなろうとするはずですから。

その『勇者』がオルフェノク地下大迷宮を訪れるのですから、目的は完全攻略でしょうか。

だとすると、『勇者』とはどれだけの存在なのか見てみたい気もします。ああでも、早く地上に出て太陽の光を浴びて外の空気を吸いたい。これはどうすべきか悩んでしまいますね。

「でもその情報って数日前のものだろ？　やっぱり挑戦は見送るってこともあり得るんじゃないのか？」

「それがどうにもその勇者一行は、オルフェノク地下大迷宮に何か特別な想いがあるらしい。

昔挑戦したけど途中で断念したとかそんな理由だろうよ。俺たちがこうして休憩している間にも、勇者一行はどんどん進んでいるかもしれないな。ここで待っていたらそのうち出会えるんじゃないか？　出発も俺たちより数日後だとか言っていたし」

「お前、よくそんなに情報を持ってるな」

「冒険者なら情報収集は欠かせないだろ？」

「そういうのはパーティー内で共有しろよ。というか、その勇者って男なのか女なのか？」

「お前は本当にそれしか興味ねぇのな。残念ながら今回の勇者様は野郎だぞ。でも仲間に綺麗な女を連れているらしいぞ」

なるほど。『勇者』は近くまで来ているのかもしれないんですね。

それは……待つ以外ないでしょう!!　話を聞いたことがあるだけで一度も見たことがない『勇者』をこの目で見ることができるなら、多少時間がかかっても構いません。タルトには悪いですが、こっちを優先します。

それに勇者一行と言っていたので仲間がいるのですよね。その方たちも一目見ておきましょう。仲間というのですから、きっとその強さ故に体から強者のオーラが滲(にじ)み出ているでしょうから。

「けどなぁ、ここの魔物も油断できないから長居するのは危険だろ？　記念にサインなんかもらおうにも死んだら意味ないだろ」

「確かに……。ていうか、お前サイン欲しいのかよ」

「まあ俺たちごとき平凡な冒険者は勇者一行の邪魔にしかならねぇか。はぁ……俺の職業が『勇者』だったら人生変わっていたのかもなぁ」

「ハハハ、おっさんに『勇者』なんて似合わねぇよ。それに『勇者』だからって何も勝ち組ってわけじゃないさ。自分に合った生き方で生きていけば十分だよ、俺は」

　そうですね。私も自分に合った生き方で生きていければいいです。

　それに、上位の『職業』になる前の職業でたくさん努力した結果、その努力が報われて『勇者』になったはずです。勝ち組というのは間違った表現ですよね。

「ところでよ、その勇者一行が昔オルフェノク地下大迷宮に挑戦したって言ってたよな」

「ああ、しかも『勇者』になる前の普通の冒険者の時だったらしいぞ」

「それでよく生き残れたな」

「実は当時のそのパーティーは最初5人組だったんだ。そして、1体の魔物を相手に全滅しそうになった時に、パーティーの1人が囮になって他の奴らを逃がしたんだとさ。そいつは将来『勇者』になる人間を助けた英雄だな」

「自己犠牲の精神か……。カッケェなぁ」

仲間のためであれば、この身を捧げる。

おじさんの言ったように自己犠牲の精神ですね。見習いたいとは思いませんよ。だって死んだら何もかもおしまいじゃないですか。

それにしても、全部ではないですがところどころ私が経験したものと近いですね。アドルたちとパーティーを組んでいた時は5人組で活動していたし、自分からではないですけど結果的には私が囮になって皆を逃がしたわけですし。まさかとは思いますけど……いや、まさかね。それはないですよ。

「そうか。そいつの名前とか知らないのか？」

「名前は知らないな。でも『勇者』の名前なら知ってるぜ。〝アドル〟って名前だ」

…………。

これは雲行きが怪しくなってきました。

いやいや、おそらく人違いでしょう。アドルなんて名前は探せば世界のどこでもいるはずです。偶然……。そう、偶然『勇者』とアドルの名前が一致していた。幼馴染を囮にして逃げるような男に、『勇者』の素質があるわけないです。

「アドルっていうと、あの〝アドル・ロッゾ〟か？　確か王都に仕えている『剣聖』に初めて弟子入りを認めさせたとかいう」

「そうそう。当時はまだ『剣聖』の足元にも及ばなかったが、今では張り合えるほどになっているらしい」

……いや、まだです。まだ信じません。

確かにアドル・ロッゾという名前は幼馴染パーティーのリーダーでしたよ。私の知っているアドル・ロッゾはただ一人だけです。でもそのアドルと『勇者』アドルが同一人物であるとは限らないじゃないですか。この世には同姓同名の人もいます。

「他にも『黒魔道士』クオリア・コーネルが『魔女』。『重装騎士』カリア・トーラスが『聖騎士』。『射手』ゼペット・ルルランが『狙撃手』に。どれも上位の『職業』だぜ。さらにはそいつらもおのおのその道の達人に弟子入りして『勇者』に引けを取らない存在らしい。一応俺たちも上位の『職業』だが、レベルが違うよ、レベルが。それに若さも、な」

「なんでも知ってるんだな。知りすぎてて逆に気持ち悪いぐらいだぞ」

「さっきも言っただろ。冒険者であれば情報収集は欠かせないって。というか冒険者だったら一般常識に決まってんだろ。お前は女だけじゃなく少しぐらい勇者一行に興味を持て」

なるほど一般常識ですか。私は外界から隔離されていたので仕方ありませんね。

というかそんなことよりも、です!!　私は衝撃的な事実に軽い目眩(めまい)が起きてふらつきそうになりましたよ。

アドル・ロッゾ
クオリア・コーネル
カリア・トーラス
ゼペット・ルルラン

流石にこの名前を聞いて、今でも別人だと思い込むほど私は馬鹿ではありません。間違いなく勇者一行はアドルたちのことを指しているのでしょう。
つまりはこういうことです。

『剣士』アドル・ロッゾ↓『勇者』アドル・ロッゾ
『黒魔道士』クオリア・コーネル↓『魔女』クオリア・コーネル
『重装騎士』カリア・トーラス↓『聖騎士』カリア・トーラス
『射手』ゼペット・ルルラン↓『狙撃手』ゼペット・ルルラン

誰だって3年もあれば変わるでしょう。私だって3年間でこんなにも立派に変わりました。

私の変わりようと比べれば彼らの変化など大したことないと言われるかもしれませんが、私からしたら変わりすぎでは？　と思ってしまうほどです。一体私がいない間、彼らに何があったのでしょうか。

おじさんはアドルたちが弟子入りしたと言っていましたか。

アドルは王都にいる『剣聖』にでしたか？

確か『剣聖』も上位の『職業』の一つです。

剣の道を極め、数多くの試練を乗り越えることによってなれる『職業』。アドルは『剣士』だったので『剣聖』になったイメージもできなくはないです。剣の腕は確かでしたから。

ただ、『剣聖』と呼ばれて鼻高々にしている姿を想像すると少し腹が立ちます。まあそれ以上の上位の『職業』である『勇者』なのですから、調子に乗っていること間違いなしです。

クオリア、カリア、ゼペットもアドル同様に有能な師匠の下で修行を積み重ねていたのでしょう。

努力は認めます。冒険者として生きるなら強さも求めるのは必須ですから。でも気に食わないこともあります。

どうやらこの冒険者たちは、間違った情報を手に入れているようです。

私がアドルたちを逃がすために自ら進んで囮になったような話し方をしていますが、事実は私を置き去りにして逃げただけですよ。それをよくも、私が積極的に囮になったなど……話が捏造されていますね。

結局、幼馴染の絆なんてその程度のものなんですよ。人間生き延びることを最優先にしますから。そのためであれば幼馴染の命さえも利用して生き延びる。

こんなことをされて、アドルたちを憎んでいるか。

そうですね……普通の人が同じ目にあったら彼らを憎むと思います。

かくいう私も彼らを憎んでいるところがあります。私はあの日死ぬかもしれなかったです。

まあ、元はと言えば私が弱くて、しかも最後に皆と冒険したいなどと言ったのが原因ですが。

あれ、でもこうなると私が彼らを恨むのは間違っている？　結局悪いのは私ですし。

えっと……そ、それはひとまず置いといて。

私は「絶対許さない!!」とは思っておらず、アドルたちをそこまで恨んではいません。だってアドルたちがあの日私を囮にしたから今の私がいますし、こうしてタルトにも出会うことができましたから。ただまあ、実際にアドルたちと遭遇したら憎悪が芽生え、それが強くなってアドルたちにひどい仕返しをするかもしれません。

――冗談ですよ。

私だって鬼ではありません。今や有名となった勇者一行を殺そうとか、復讐みたいなことをするつもりはないです。そんなことしたら冒険者として生きるのは難しくなります。せいぜいやっても、アドルたちを腹痛にさせてじわじわ苦しめるぐらいですよ。

あら、いけません。私の黒い一面が出てしまったようです。３年間もここで過ごせばそういう一面も生まれます。

そういえば、アドルたちは相変わらず回復役──つまり『白魔道士』をパーティーに入れずに冒険を続けているみたいですね。ポーションだけでやりくりしているのでしょうか。

「ああ、それとな。勇者のパーティーには他に、『聖女』がいるんだ」

あっ、どうやら違ったようです。アドルたちは他にも『聖女』の『職業』を持つ冒険者をパーティーに加えているみたいです。

『聖女』は高位の『治療魔術』に『聖光魔術』が使えます。私も『白魔道士』だったのでそこまでにどれだけ時間を費やすかは分かりませんが、順当にいけば『聖女』になっていたでしょう。

でも、そうですか。役に立たないと捨てた私を忘れて、役に立つ聖女様をパーティーに加えた、そういうことですね。

では、ここで一つ私が今思っていることを言いましょう。

あんな幼馴染を囮にすることすら厭わないパーティーに加入した、その女性は一体誰なんですか⁉

感情が荒ぶっているように見えるかもしれませんが、別に怒っていませんよ。単純に気になっただけです。

あの日の真実は話を聞く限り、私とアドルたちしか知りません。その聖女様はそれを知らずにパーティーに加入したのでしょう。

いざとなれば幼馴染でも切り捨てる人たちです。アドルたちが危機的状況に陥り打開策が誰かを囮にすること以外になかったら、真っ先に彼女がその対象になるのではないのか心配になります。でも、アドルたちが誘った感じみたいですし、『聖女』であるということはそれなりに経験を積んでいる人だと思うので彼らとも並んで戦えるのでしょう。

それに冒険者曰く、「その聖女様は絶世の美女」だとか。

まさかそれも目的でパーティーに加入させたのでは？　それなら囮にするつもりはないでしょう。あわよくばカッコイイところを見せて惚れさせるなんてことも考えていたり。

なんと言うか、自分でも分かりませんが無性に腹が立ちます。どうせアドルなんかは聖女様に見惚れて鼻の下でも伸ばしているでしょうねッ‼

このイライラは次に遭遇した魔物にぶつけます。

そして私は冒険者たちに気付かれないように、その場から去り移動を再開しました。

皆様お初にお目にかかります。

私はシャルロット・クロムハーツといいます。

一応身分は貴族ですが、結婚する前に父と母が冒険者をやっていて、その2人に憧れて私も冒険者をやっています。

そんな私の『職業』は『聖女』です。

昔は冒険者では若干不遇扱いされている『白魔道士』でしたが、皆様の役に立てる冒険者になるために努力を怠らなかった結果、『聖女』になることができました。

これでも私は根性があるのですよ。並たいていのことでは諦めません。決めたことは最後までやり遂げる自信があります。

そして、私は今とあるパーティーに所属しています。

それがなんと勇者様がいらっしゃるパーティーなのです!!

冒険者になったきっかけは両親への憧れもありましたが、それ以外にもいろいろな世界を見たいからという理由で旅を続けていました。そんなある日、冒険者ギルドで依頼を探していたら勇者様からお声がかかりまして。

まさか私が勇者様と共に行動できるなんて、思いもよりませんでした。

実は勇者様にも憧れを抱いていました。幼い頃に母から絵本を読み聞かせてもらったからですかね。勇者を題材にする作品が多いですし。

勇者様のお名前はアドル・ロッゾさんといいます。

アドルさんはとても頼りになる御方です。勇者の名に恥じぬ勇敢さ。恐ろしい魔物と遭遇しても臆することなく立ち向かう姿は、とてもカッコいい。

それにアドルさんは優しいのですよ。

私がちょっとだけ足を引っ張ってしまった時も、「全然気にしなくていい。俺たちはパーティーなんだからカバーし合うのが当然だろ？」と優しく声をかけてくれます。

その優しさ故か、最近では憧れ以外にも別の気持ちを抱き始めてきたり……。

他の方々もすごく優しくて頼りになる方々です。

まずは『魔女』のクオリア・コーネルさん。

クオリアさんが使う魔術は、高火力。種類も豊富で魔物なんか簡単に倒してしまいます。

私は回復専門の『聖女』なので攻撃系の魔術はあまり使えません。強いて言えば『聖光魔術』ですが、クオリアさんの魔術には遠く及ばず。でも、死霊系やスケルトン系の魔物には有効なので戦力になりますよ。

次に『聖騎士』のカリア・トーラスさん。

カリアさんはすごく気さくな女性です。ただ、なんと言うか中身が子供っぽいといいますか……。男性も女性も関係ないって感じですね。でも、そこは直した方がいいと個人的に思います。女性ならまだしも男性には……ね。

最後に『狙撃手』のゼペット・ルルランさん。

ゼペットさんは他の皆様と違って大人しい方ですね。でも戦闘でのサポートは一級品です。いつも皆様が有利に戦えるように援護してくれます。

使用している武器は魔法銃というもので、弓よりも威力があります。狙撃銃と呼ばれるもので結構遠くからでも魔物を撃ち抜けます。

そしてアドルさんたちは幼馴染のようで、息の合った連携も素晴らしいです。

でも、その中に私が入って連携を壊してしまったら……。

なんてことも最初は考えましたが、そこは要練習です。

戦闘中は魔物だけでなくアドルさんたちにも意識を向け、誰が何をしているのか、今どんな状況なのか、怪我をしていないかを見極めて的確に行動。

パーティーに加入してから然程時間をかけずに、アドルさんたちの連携に入り込むことができましたよ。これにはアドルさんたちも喜んでくれて。「シャルのお陰で負担が減っている、助かるよ」なんて言われちゃって。

ちなみに私は皆様から〝シャル〟と愛称で呼ばれています。両親からもそう呼ばれていますが、肉親以外から愛称で呼ばれるのは仲間って感じでやはりいいですよね。

ところで、アドルさんたちのパーティーには、もう一人メンバーがいたそうです。しかも昔の私と同じ『白魔道士』。その御方の名前はリリィ・オーランドさんというそうです。

リリィさんは当時アドルさんたちとパーティーを組んで、このオルフェノク地下大迷宮に挑戦したと聞きました。

――でも、そこで悲劇が。

この場にいないため、既に察しがつくかもしれません。

まだ『勇者』ではなかったアドルさんや他の皆様に襲いかかった〝オルトロス〟と呼ばれる魔物。今では簡単に倒せる魔物でも、昔のアドルさんたちでは歯が立たなかったようです。

私は『勇者』となったアドルさんしか見ていませんし、何よりアドルさんはかなりの実力者ですのでそういう光景は想像できませんね。

リリィさんはその時、皆様を逃がそうと自ら囮になり、オルトロスの注意を引き付けたようです。そのお陰で無事オルトロスから逃げ切ったアドルさんたちでしたが、囮になったリリィさんがオルフェノク地下大迷宮から戻ってくることはなかった……。

探しに行くにもリリィさんに救われた命を無駄にはできない。行っても魔物に食べられるだけだろうと、アドルさんたちは捜索に行けなかったみたいです。

アドルさんたちにとって苦渋の決断だったようで、私にその話をしている時もすごくつらそうでした。

こんなことあまり言いたくありませんが、現実から目を背けるわけにもいきません。

3年も経過した今、リリィさんが生きている可能性は絶望的と考えるべきですよね。一度でいいから話してみたかったです。私も『白魔道士』だったので同じ『職業』を持つ者同士、話が合うと思いますから。

しかしそれも叶わぬ今、私はリリィさんの分までアドルさんたちの役に立たなければいけませんね！　さあ、これからもドンドン張り切っていきますよ！

「アドルさん。この先はフロアボスがいる部屋ですね」

「ああ。だが俺たちなら大丈夫だ。ここまで難なく来られたからな。まあ、それもみんながいてくれたからだ。この調子で次のフロアボスも倒そう」

アドルさんの言葉で皆様の気が引き締まったのを感じます。もちろん私もアドルさんの言葉で気合を入れ直しました。

そして私たちはオルフェノク地下大迷宮190階層のフロアボスを倒すために、先へ進みます。

◆◇◆◇◆

クオリア、カリア、ゼペットとは幼少期からの長い付き合いだ。親が仲良かったから自然に仲良くなったとも言えるか。

だが、俺には3人以外にも付き合いが長い奴が一人いる。いや、いたというのが正しい。

かつては一緒に冒険者になり世界を巡るなどと夢を語っていたが、あんな奴が側にいてはその夢も叶えることができない。だからリリィをこのパーティーから切り捨てた。

クオリアの意見は俺側だったし、ゼペットもそうだった。アイツが一緒に来ることに反対していた。ただ、カリアだけは違った。カリアは性格からして人を嫌うなんてことはない。リリィのレベルが低く役に立たなくても、同じ夢を持った友人だからとリリィの追放を拒んだ。

結果的にリリィは最後の冒険をしたいと言い出して、当時の俺たちでは敵わない魔物から逃げるために囮として使い、オルフェノク地下大迷宮から逃げ延びたが、あの日のカリアの様子は変だった。

カリアのことだからリリィを囮にしても土壇場で救いの手を差し伸べると思ったが、リリィ——いや、見たのは後ろ姿だけだったからリリィだったのかは分からない——を見つめて何か独り言を呟いているだけだった。

明らかに様子がおかしかった。俺が声をかけても反応しなかったから、無理やり手を引っ張って連れ出したんだ。その日のことを聞いてもカリアは頑なに喋ろうとしない。何者かに脅されているかのように震えてもいたな。だがそれも数日で治り、カリアはいつも通りに振舞っていた。

そういえば……俺はいつからリリィを嫌うようになった？

昔は全くそんな感情を抱くことはなかった。むしろ友人として好意を抱いていた。でなければ、リリィのレベル上げを手伝ったりしない。だが、それも途中で手伝うことはなくなった。

その時からか？　俺はその時からリリィに嫌悪感を抱きだしたのか？

何か変な感じがする……。これも気のせいなのか……。

深く考えると頭に痛みが走った。まるで、忘れている記憶を思い出そうにもそれを誰かが妨げているかのように……。

「アドルさん。この先はフロアボスがいる部屋ですね」

ふと隣から声をかけられた。

その声の主は、新しくパーティーに加入したシャルロット・クロムハーツという冒険者だ。

彼女の『治癒魔術』は、リリィと比べるまでもなく素晴らしいものだ。彼女の『治癒魔術』があるから俺たちも多少無茶ができる。あまりそれに頼りすぎるわけにもいかないけどな。

「ああ。だが俺たちなら大丈夫だ。ここまで難なく来られたからな。まあ、それもみんながいてくれたからだ。この調子で次のフロアボスも倒そう」

そうだ、今さらリリィのことを思い出したって時間の無駄だ。

あいつはもういない。リリィは俺たちのためにこのオルフェノク地下大迷宮で死んだんだ。

もしかすると俺たちを恨んで亡霊になって出てくるかもしれないな。

けど弱い奴が悪いだろ？　冒険者っていうのは弱い奴は死んでいく。リリィは弱かったから囮になって死んだ。勇者になった俺を、自分を犠牲にして救った英雄に仕立て上げたのだから恨むどころか感謝してほしい。

しかし、冒険を続けて偶然この辺を訪れたからって、まさかここに戻ってくるとは。

力試しと、３年前の屈辱を晴らしに全員が賛成した。３年ぶりに因縁の相手であるオルトロスに遭遇したが一撃で倒せた。慢心はよくないと師匠から教えられたが、それでもあれから強くなった俺たちの前ではオルトロスも雑魚でしかない。

　そんな俺たちは１９０階層のフロアボスに挑む。新しい仲間——シャルが加わって。しかも前にクオリアから聞いたが、どうやらシャルは俺に憧れを抱いているらしい。顔もかわいいし性格も優しい。順調にいけば将来俺とシャルは……。

　だからパーティーに重要な存在のシャルに、俺たちがやったことは隠し通さなければいけない。しかし真実を知っているのは俺たちと死人のリリィだけだ。俺たちが話さない限り真実が明らかになることはないし、死人が俺たちの前に現れるなんてことはないだろ？


　そんなことよりフロアボスだ。

　俺たちは巨大な鉄扉を開けて部屋に侵入する。どんなフロアボスが出てくるのか分からない緊張感は俺の気分を最高に上げてくれる。『勇者』となった今、驚異になる敵はいない。

　部屋を進み、その中央に上空から舞い降りてきたのは金色に輝く１匹の龍だ。なんとも神々しい光を放っている。

「クオリア、『鑑定』だ」

「もうやってる。名前は煌王龍ヴァルドラグ。レベルは１９８。ステータスは当然私たちより高いけど１８０階層のフロアボスと比べれば少し高いぐらいよ」

「だからといって油断は禁物だ。なにせここはオルフェノク地下大迷宮だからな」

「もちろん分かってる」

「よし、いつものパターンでいくぞ。シャルは状況に応じて俺たちを支援、ゼペットは遠距離からの攻撃でダメージを与えろ。クオリアは高火力の魔術を発動させるために詠唱を。準備が整ったら合図をくれ」

「了解。威力が高すぎて巻き込まれないようにね」

「そのための合図だろ……。まあいい。準備が完了するまで俺とカリアで引き付ける」

「オッケー。じゃあ——」

俺とカリアはヴァルドラグに向かって走り出す。

それを見たヴァルドラグも俺たちに向かって突進してきた。あの巨体で突っ込めば、俺たちを戦闘不能にできると考えたんだろう。残念だが俺たち——いや、カリアを甘く見すぎだな。

「ここは私の出番だね！」

意気揚々と俺の前にカリアが入り、ヴァルドラグの突進を構えた大楯で防いだ。衝突で重く鈍い音が空間一帯に響く。

普通なら、あんな巨体がぶつかれば受け止めようにも吹き飛ばされるだろう。しかしカリアは『聖騎士』の中でも防御力に特化した奴だ。中途半端な攻撃じゃ傷一つつけることはできない。

さらに動きが止まったヴァルドラグに、『シールドバッシュ』という技でダメージを与える。大楯で顔面を殴られたヴァルドラグは苦痛の叫び声を上げた。

前衛職が使う技の大半の威力は攻撃力が関係している。しかし『シールドバッシュ』は防御力の高さが威力に関係する。防御力が高いカリアの最強の技の一つだ。

カリアの攻撃により怯んだ煌王龍ヴァルドラグに、俺が追撃を行う。

仰け反った胴体に向けて一閃。

『勇者』になって手に入れた『聖剣エリュンザルド』は、全ステータスを７０００も上昇させる最強の武器。こんな数値は他を探しても見つからないだろう。しかも相手の防御力を無視してダメージを与えることができる。この剣の前では覆われた硬い鱗も意味をなさない。

だが踏み込みが甘かったようだ、俺が与えた傷は浅い。しかし確実にダメージは与えられている。

「よし。一気に畳みかけるぞ!!」

墜落した煌王龍が再び上空へ戻らぬように、ゼペットが遠距離から攻撃を当てていく。

ゼペットの攻撃には『毒魔術』が付与されている。状態異常に耐性があるとしても、これだけ食らえば嫌でも毒状態になるだろうよ。

案の定、ヴァルドラグは毒状態になった。

これで生命力もじわじわと減ってきているな。持久戦に持ち込んでも勝利は見えているが、押し切れるのであればそうした方がいいに決まっている。

さらに俺とカリアは互いの呼吸を合わせ、相手に的を絞らせないように俊敏に動いて攻撃を繰り出す。

いい感じだ。やっぱり『勇者』になってからは調子がいい。みんなも最近はさらに力をつけてきている。俺たちが力を合わせれば、どんな魔物でも倒せる自信がある。

だが、ここまで順調に事が運んでいたがフロアボスの意地というのがあるのだろう、どうやら一筋縄ではいかないらしい。

俺たちの攻撃を受けながらも上空へと避難したヴァルドラグ。上空へと避難されたら俺やカリアの攻撃が届かないから、できれば攻撃が届く範囲で致命傷を与えたかった。だが、起こってしまったことを悔いていても仕方ない。

それよりもヴァルドラグは大技を繰り出すようだ。

ヴァルドラグは突如光り輝きだし、その体からいくつもの光線が解き放たれて俺たちの方へと向かってくる。

何やら危険な感じがするから、直撃は避けたい。

その判断は正しかったようで発射される光線が収まるまで回避し続けたが、着弾したところは熱で溶けて一部が赤くドロドロとしている。

　みんなはどうなったのか確認してみたが、全員無事なようだ。直撃せずに回避できたみたいでよかった。ただクオリアの魔術が中断されたのが痛いな。あともう少しで発動できたのだろう、クオリアは悔しそうな表情をしていた。

「全員、次に同じ攻撃が来たら逃げに徹しろ」

　言うまでもないと思うが、念のため忠告しておく。

　さて、このあとはどうするか。

　対策を考えようとしたが、その前にヴァルドラグが動いた。

　邪魔する暇もなく現れたのは小型のヴァルドラグと言えばいいのだろうか……それが本体の周りに3体出現した。ただでさえ本体のあの光線を警戒しないといけないのに、他の奴らまで警戒しないといけないなんて苦労するな。

　小型のヴァルドラグは本体から指示を受けたのか、上空から俺たちに接近してきた。

「まずは小さいのから仕留める！　クオリアは引き続き魔術の準備だ」

「分かった‼」

「シャルはクオリアの防御に回ってくれ。なるべく打ち漏らしのないようにするが、そっちに行ってしまうかもしれない」

「了解です。様子を見てアドルさんたちの支援もします」

「ああ、頼んだ」

シャルはクオリアの側で障壁を張った。

あの障壁はかなりの強度がある。本体ならまだしも、小型のヴァルドラグは本体ほどのステータスを持っていないだろうから大丈夫だろう。

上空から迫る小型のヴァルドラグには俺とカリア、ゼペットで対処する。数で劣っているため早めに減らしておきたいところだ。

ゼペットは二丁拳銃に切り替えて小型のヴァルドラグに魔力弾を当てていく。

流石はゼペットと言ったところか。ゼペットが放った魔力弾は全弾命中した。

ダメージを負って止まった小型のヴァルドラグを、俺とカリアで次々と倒していった。やはりステータスは本体ほどではない。しかし、これは本体にダメージが入るわけではないから無駄に疲労が溜まるだけだな。

上空を見上げると、本体は再び光を纏っていた。おそらくさっきのアレをもう一度放つのだろう。あの光線を回避して、本体がまた小型を召喚してそれを倒す。その繰り返しになると、先に力尽きるのは俺たちだ。

クオリアは……もう少しだけ時間がかかるか。魔術を使うには集中力が必要とされる。強力な魔術では尚更だ。だから俺が急かして集中力を欠いてしまっては元も子もない。しかし向こうは今にも発射できる状態まできている。これはまずいかもしれないな……。

「アドル、乗って！」

大声でそう叫んだのはカリアだった。

乗れというのはその下段に構えている大楯に、ってことか？　それに乗って一体どうすると……。

「……まさか！」

「クオリアの魔術はまだ時間がかかる。でも、それを待っていたらまたあの光線が来ちゃう。だから、その前にフロアボスに大ダメージを与えないと！」

「それは分かっているが、そのあとはどうするんだ⁉」

「大丈夫、なんとかなる！」

なんとかなるってお前……。自信満々に言っているが、少しは後先のことも考えろよ。

いや、だがカリアが提案した方法しかないかもしれない。ここで怖気付いてしまってはパーティーが全滅してしまう可能性だってある。それだけは絶対に避けなければならないことだ。

「ちゃんと狙えよ。届かなかったら一生恨むからな」

「これでもコントロールはいい方だから安心して!!」

ここはカリアを信じよう。

俺はカリアの大楯に乗って、聖剣エリュンザルドを構える。

そして——

「そぉおいやあぁぁぁぁッ!!」

カリアは俺が乗ってさらに重くなった大楯を、一気に振り上げた。その反動で俺はヴァルドラグに一直線で向かっていく。

信じたと言った手前、あまりこういうことは言いたくないのだが、正直言ってこの作戦は無謀だと思っていた。作戦自体はいい。しかし、いくらカリアでも俺の体重が加わった大楯を振り上げることはできないと思ったからだ。仮にできても、途中で失速すると思っていた。

だがカリアは俺の予想を超えた。大楯を俺ごと繰り上げるとは……。日に日に馬鹿力になっている気もするが、今は気にしないでおこう。

カリアのお陰でヴァルドラグに接近できた俺は、加速された状態で一太刀浴びせる。

そして、そのままヴァルドラグの上を取った俺は頭から落ちるように体勢を変え、今度はヴァルドラグに聖剣エリュンザルドを突き刺す。光を集結させていたせいか、体に熱を帯びていてかなり熱い。だが、そんなの関係ない。ここで一気に地上へ落とす。

「【小風(ウインド)】」

俺は『風魔術』で自身の体を下へ加速させる。クオリアみたいな威力が出ればよかったが、あいにく俺にそんな魔術は使えない。簡単な『風魔術』で詠唱も短く威力もないが、これで十分だ。

光線が発射される前に地面に叩きつけられたヴァルドラグ。もし空中で発射されていたら生きてはいたが致命傷だったな。まあ、その時はシャルが治してくれるだろう。

「アドル！　準備が終わったから離れてッ！」

クオリアの一言で俺はヴァルドラグから距離を取る。

するとヴァルドラグの真上に、その巨体を覆い隠せるほどの大きさの魔法陣が縦に3つ出現。

これはかなりの大技だな……。魔術の発動を一度中断された恨みも入っている気がする。

「食らいなさい！【冥界怨獄炎砲（インフェルノ・ハデス）】!!」

漆黒の炎が天より降り注ぎ、ヴァルドラグの体を燃やしていく。

この炎には確か呪詛（じゅそ）の効果もあったはずだ。呪詛も毒と同じで継続ダメージが入るからヴァルドラグの生命力はガンガン削られている。そして、漆黒の炎に包まれて暴れていたヴァルドラグも次第に動きが鈍くなり生命力が尽き、俺たちは勝利した。

「やったね!!　これでこの階層もクリアだ！」

「ああ。だが思った以上に苦戦した。この先のフロアボスはもっと手強くなるだろうな。それはそうとカリア、結果的にはヴァルドラグをクッションにして助かったものの、普通あの高さから落ちれば大怪我じゃ済まないぞ！」

「えっ、私だったら大丈夫だと思うけど……。まあフロアボスも倒せたんだし結果オーライってことにしようよ」

カリアの防御力基準で考えないでほしいものだ……。でも確かにカリアの案のお陰でヴァルドラグを地上に落とすことができたわけだし、これ以上言うのはやめておくか。

「それにしてもクオリアさんの魔術はすごかったです」

「そうでしょう！　ほんとシャルは正しいことを正直に言ってくれるから、いい子よねぇ」

「……調子に乗るのはあまりよくない」

「何よ、ゼペット。文句あるの？」

なんだか喧嘩が始まりそうだが、それを止める力は俺に残っていない。もうへとへとだ……。すぐにはフロアボスも復活しないから急いで移動する必要もないと、俺はその場で座り込んだ。するとシャルが側に寄ってきて、『治癒魔術』をかけてくれた。

「アドルさんお疲れ様です」

「確かに今回は疲れたな」

「ふふっ。でもカッコよかったですよ、アドルさん。特に最後の一撃は、いつも以上にカッコよかったです」

「そ、そうか……」

「それに比べて私なんかまだまだですね。少しでも皆様の負担を減らそうと攻撃に参加したかったですが全然できなくて」

「そんなことないさ。クオリアの魔術の準備が終わるまで強固な障壁を張り続けてただろ？それがあったからクオリアも安心して準備できた。シャルは十分役目を果たしてくれた」

「アドルさん……」

シャルは頬を赤らめてこちらを見つめていた。

これはもしや、いい雰囲気というやつでは？　幸いにもクオリアとゼペットは口論しているし、カリアはいつものことだからと止めずに２人の近くにいる。だが——

「あっ、えっと、私クオリアさんとゼペットさんを止めに行きますね」

と言って、俺の治癒を終えたシャルが走って行ってしまった。

まあ流石にいい雰囲気だからといって、ダンジョンの中だからな。この先はもう少し２人の関係が進展してからでもいいだろう。

シャルがクオリアとゼペットの仲裁に入って落ち着かせたようだ。俺ももう動けるようになったから、さっさと水晶に記録して次の階層に行くとしよう。

「それじゃあ行くぞ。今日はもう少し先まで進めておきたいからな」

そう言った瞬間、この部屋に異変が生じた。


言葉で表現するなら空間にヒビが入った感じだ。部屋中央——何もない場所からパキパキと何かの破片が落ちていく。

その中は真っ黒に淀んだ沼のよう。まるで別世界へと繋がっているみたいだ。

そして、そこから俺たちを見つめる者。そいつはニタリと口角を上げたのか、歯を剥き出しにしてケタケタと笑いながら身を乗り出してきた。体格は俺より小柄だな。だが、黒い靄に包まれて姿がよく分からない。

「おい、なんだ、アイツ？　魔物……か？」

「でもフロアボスがいる場所って他の魔物が立ち入ることはないよね。それに見たことない魔物だし新種かしら？」

「……新種ならギルドに渡せば結構なお金になる」

「でも、なんだか気味が悪いですね。それにちょっと怖い……」

「一度撤退しようにも逃がしてくれない様子よ」

「戦う以外に道はないようだな。よし、全員戦闘準備！　ヴァルドラグからの連戦できついだろうが、ここが正念場だ。気合入れて――」

皆を鼓舞して戦いに挑もうとした時――突然俺の視界に血飛沫が映った。そして同時に耳に入ったのは、肉が地面に落ちたような重く鈍い音。重量がある金属を落としたような音も聞こえた。

ふと地面に視線を移す。

地面に落ちているのは……カリアの左腕と大楯なのか……？

時間にして1秒も経っていない。それなのに一体何が起こった……⁉

考えようにも思考が追い付いてこない。頭の中が真っ白になって自分が何を考えればいいのか、分からない状態だった。

「……あぁぁあぁぁあぁッ‼　いだッ……いだいよぉッ……」

カリアの嗚咽（おえつ）と痛みに苦しむ姿を見て我に返ったが、それでも俺はまだ現実を受け入れることができなかった。

けど、分かることは一つだけある。

あの空間の歪みから出てきた黒い奴だ。アイツがカリアの左腕を斬り飛ばした。それ以外にあるのなら教えてくれ。

しかし、カリアの左腕を斬り飛ばした元凶がアイツだとして、問題はあの距離からどうやったのか。その場から1歩も動いていないだろ？　腕を動かして攻撃する動作も見て取れなかった。黒い奴は関節が外れたように両手をぶらぶらと揺らしている。ケタケタと笑いながらこちらを見つめて、次の標的でも決めているのか？

いや、そんなことどうでもいい。今優先すべきはあの黒い奴と戦うことではなく、カリアの治療をすることだ。

さっきの一撃は誰がどう見ても致命傷。断面から吹き出る血液は夥(おびただ)しい量だ。このままだとカリアは出血多量でそう時間も経たずに死ぬ。

待て、こんな時こそシャルの出番だ。

シャルの持つ『治療魔術』――【完全治癒(エクスヒール)】があれば、たとえ体の一部が欠損しても元に戻せる。実際に見たことはないが、以前シャルはその魔術が使えると言っていた。1日に数回が限度とも言っていたが、ヴァルドラグ戦ではそこまで魔力を使っていなかったし、ここまで来る道中の戦闘でもそんなに使っていなかったはず。今頼れるのはシャルしかいない。

「シャル、頼む！　早くカリアを治してくれッ！」

俺はシャルに叫びながら頼んだ。しかし――

「そ、そんな……カリアさんの腕が……ああ……いやあああああッッッ‼」

シャルはカリアの近くにいたせいで怪我はしていないものの、カリアの血液が顔や服にベッタリとついていた。しかも信じがたい光景に取り乱している。魔術は集中力が必要とされる。冷静さを欠いたこの状態では治療もできない。

落ち着け。俺まで取り乱したら駄目だ。クオリアとゼペットにもさらなる不安を与えてしまう。冷静に一つずつ状況を整理して——なんてできるわけない！　こんな状況で冷静に？　無理に決まっているだろ!!

俺はどうすればいい？　黒い奴もそう長く待ってくれないだろう。今はカリアの悲痛な叫びを聞いて楽しんでいる様子……ふざけていやがるッ！　だが、こうしている間にも次の標的が決まる。次は俺か？　クオリアか？　ゼペットか？　シャルか？

カリアの防御力が紙のように破られたのだから、俺があの黒い奴に向かっても確実に負け——いや殺される。

死の恐怖が俺の体を硬直させる。だが、このまま何もしないまま黙って立っていれば、それこそ全員殺されて終わりだ。

「……なんなんだよ。なんでこんな化物がいるんだよ！」

認めたくない。その一心で俺は必至な声で叫んだ。

だが、こんな絶望的状況でも一筋の希望が見えた。

「まだ……転移装置で逃げられるかもしれない」

「……えっ？」

「１９０階層の転移装置を起動させるのよ！　ここからだと１８９階層に戻るより１９０階層の転移装置を起動させた方が生き残れる可能性がある！」

確かに俺たちの後ろには１９０階層のフロアボスを倒した際に登録できる転移装置がある。だが、あいつに背を向けて走るなんて死を意味するだろ。でも、どんな可能性を考えてもこの状況を打開できるのはそれしかない。

「カリアの治療はそのあとでもギリギリ間に合う！　シャルもしっかりしなさい！　カリアを救えるのはあなたしかいないの！」

よく見るとクオリアの体は震えていた。それでも恐怖を押し殺してシャルを無理やり立たせた。シャルは今も放心状態。ゼペットも動揺を隠せていなかった。

……皆怖いんだ。ケタケタと不気味に笑っているアイツと、いつ殺されるか分からない状況が。それもそうか、死ぬのは誰だって、俺だって怖い。『勇者』とか関係なく死は恐ろしい。即死できなかったら死ぬまで激痛が全身を巡るのだろう。そんな地獄のような時間が死ぬまで無限に続く。

なぜ今になって、あいつの顔が浮かぶのだろう。

あの時のリリィも今の俺たちと同じ気持ちを抱いていたのだろうか。死ぬことに恐怖を覚えながら、抵抗する力もなく魔物に殺されたのだろうか。

これはリリィからの罰なのだろう。あの日リリィを囮にした俺たちへの罰。だが、罰を受けるのはリーダーの俺だけで十分だ。

弱いのに同行したいと言ったリリィも悪い。だが、最終的にそれを許したのは俺だ。

しかし、俺はなぜ許したのか、今もって分からない。


ただ、そうしなければいけないと思っていたから。


今になってどうしてこんなことを思い出しているのか。さらに思い出そうとすると、再び頭に痛みが走る。

考えるのはやめよう。まずは現状を打破しなければいけない。

転移装置を起動させてオルフェノク地下大迷宮を脱出する。しかし、あの黒い奴が俺たちを簡単に逃がすとは思えない。

気付かぬ間にカリアの左腕を斬り飛ばした攻撃。目で捉えることすら不可能だった。あれがもう一度来たら、今度は誰が犠牲になる？

仲間を失うわけにはいかない。俺たちはまだまだ冒険を続けなければいけないんだ。それにここで死んだら、俺を育てた師匠の名が廃る。

「クオリア、ゼペット。カリアとシャルを連れて先に行け」

「何言ってるの!?　あなたも戦って勝てる相手じゃないって分かるでしょ？　……まさか変なこと考えていないでしょうね……？」

「どちらにせよ、このままじゃ全滅だ。時間は多く稼げない。でもお前らが逃げるだけの時間は稼いでやるさ。心配しなくても俺は死なない。いいところで撤退するからな」

クオリアは俺の言葉に怒っているようだが、言い返すことはなかった。誰かが足止めしないと逃げ切れないとクオリアも分かっているのだろう。

「……死なないでよ」

そう言い残し、クオリアはカリアの肩を担いで走っていく。ゼペットも放心状態のシャルを連れて転移装置へ向かった。

頼れるのは俺しかいない。『勇者』として、ここは仲間の命を守ってやる。

「うおおおおおッ！」

恐怖で竦んだ体を奮い立たせるように雄叫びを上げながら、黒い奴に向かって走った。

黒い奴もニヤけた面してこっちに向かってくる。

そこから繰り出される不可視の攻撃は鎧を掠めるだけで奇跡的に回避できたが、掠めただけで鎧は抉れている。もしこれが首に直撃したらどうなるか……カリアのアレで既に目に焼き付いているから想像したくない。

距離を詰めた俺は、黒い奴の胴体目がけて剣を振り下ろす。

なんでもいい。ダメージを与えて奴が怯めば、その隙に俺も全力で転移装置に向かうことができる。そうすれば、ここで死ぬことはない。

しかし俺の剣――聖剣エリュンザルドの刃は阻まれた。あいつが纏っている黒い靄が集まって造られた一振りの歪な剣によって。

全力で振った一撃を平気な顔で簡単に受け止めやがった。そしてそのまま、エリュンザルドごと押し返し黒い奴の放つ連撃が俺を襲う。

完全に弄ばれていた。俺を大したことない人間と決めつけたのか、いつでも狩れるだろう命を狩らずに長く苦しませるように攻撃を仕掛けている。

ムカつくが、俺はこの攻撃を受けるのに精一杯だ。チャンスを窺うも隙はない。攻撃に転じることは難しく防御するしかない。

「■■■■■■■、■■■『■■』■■■■■！」

突如、黒い奴が謎の言葉を発した。

なんて言ったんだ？　そもそも会話が可能なのか？　会話が可能であるならこいつは魔物で

はなく人間？

俺の脳内に生まれるさまざまな疑問。その疑問が俺の動きを鈍らせる。

それがよくなかった。

黒い奴が繰り出した攻撃は俺の右横腹を穿（うが）った。死と隣り合わせの戦いなのに余計なことを考えていたせいだ。

一度距離を取って、現状を確認してみたが握り拳ほどの大きさの穴が空いていた。

……ヤバい。これはヤバすぎる。いくらポーションがあってもこの傷を治すことはできない。最も高価と言われる〝エリクサー〟ならまだしも今はそんなもの持ち合わせていない。何よりエリクサーなんて入手困難だ。だいたいは珍しく手に入らないからと貴族が大金を使って手に入れようとする。もちろん使用することなくコレクションとして。

エリクサーがない今、シャルの『治癒魔術』も期待できない。

口からも腹からも血が流れている。俺の血がべっとりと塗られた手を見ていたら、意識が朦朧としてきた……。クオリアとゼペットが遠くから何か言っているようだが鮮明に聞こえない。

俺はここで死ぬのか？

もう俺の魂が死を悟ったのか、体は動かずに膝から崩れた。

こんなところで死にたくない。俺はあいつらともっと世界を巡って、冒険者として、『勇者』

として、名を轟かせる存在に……。

そう思っても、迫り来る圧倒的存在に俺は何もできない。ただただ己の死を待つのみ。

クオリアたちに約束したのに結局破ってしまったな。まだ俺に向かって何か叫んでいるようだが、上手く聞き取れない。

俺は受け入れたくない運命を受け入れるしかなかった。でもクオリアたちはきっと無事だろう。あの黒い奴と剣を交わして分かったが、どうやらアイツは俺にしか興味がないらしい。今だって俺が瀕死でほっといても死ぬのは明白なのに、それを放ってクオリアたちの方へ向かう様子はない。景色は霞んでよく見えないが、あいつが近づいているのが分かる。

もう……ここまでのようだな。俺はこの地で自分の犯した罪の罰を受ける。

「——【完全治癒(エクスヒール)】」

ゆっくりと瞼を閉じ、死を覚悟した俺だったが、突然体が暖かい光に包まれるのを感じた。

この感じ、『治癒魔術』に似ている。シャルに『治癒魔術』を使ってもらった時もこんな感じで暖かかった。

しかし、これはシャルの魔術ではない。回復できる範囲もあるが、それ以前に今の彼女は魔術を使える精神状態ではない。つまり、これはシャルではない別の誰かが使用した魔術。

俺の失われた右横腹は元に戻っていた。

俺の怪我を治してくれた人物は——その答えは俺の目の前に。

そこにいたのは黒い仮面を着けた謎の人物だった。

◆◇◆◇◆

皆さんどうも。こちら現場のリリィ・オーランドです。

いきなりですが、私は今、とある戦闘に遭遇しております。

実はですね、勇者一行がアドルたちのことだと知った私は急にテンションが下がりました。

ぜひとも会ってみたい『勇者』がアドルだったんですからね。この気持ち、誰かに分かってほしい……。

『勇者』への興味を一気に失った私は、引き続きタルトと共に地上へ向かうことにしました。

ですが、ここからが重要なのです。

現在、私たちは１９０階層にいます。そう、フロアボスがいる部屋です。

あらためて言っておきますが、フロアボスは下の階層から部屋に入ると出現しません。これに関しての理由は知りませんよ。

って、問題はそこではありませんでした。

なんと私たちは１９０階層に閉じ込められたのです。

まあ閉じ込められたといっても他のパーティーがフロアボスに挑戦するため部屋に入ってきたので、フロアボスを倒してしまえば出られるんですけどね。

しかし、フロアボスの部屋に入ってきたパーティーが……。

３年経った今でもその顔を忘れはしません。多少は大人っぽくなっていますが、間違いなくアドルたちです。


いや、入ってきたパーティーはあなたたちだったんですか……、と。


感動の再会？　そんなわけないじゃないですか。最悪の再会ですよ。私がいなくなってパーティーの仲も一層いい雰囲気になってよかったですね。

どうやらちょうど悪いタイミングでした。何もここで——しかもオルフェノク地下大迷宮で遭遇しなくてもいいのに。まあ、一本道とかで出会うよりはマシですか。

それと、あまり関係ないことですが、私が中にいるのにフロアボスへの扉は開くのですね。１９０階層のフロアボスが討伐されていない判定だったからでしょうか。今までフロアボスがいる部屋で誰かと会ったことはなかったので、新たな発見がありました。

――発見とか言っている場合ではなかったです。

アドルたちが部屋に入ったことで、フロアボスが出現してしまいましたよ。これまでフロアボスとの戦闘は面倒だからと避けてきたのに完全に巻き込まれましたね。

取りあえず巻き込まれたのは仕方ないとして、それよりも気になったことがあります。

アドルたちの中に見知らぬ人物がいるのです。

さらさらの金髪に宝石のように煌めく青色の瞳。身長も私より低くてまるでお人形さんみたいです。アドルたちと一緒に行動しているということは、彼女がこのパーティーの回復役である『聖女』なのでしょう。

名前はシャルロット・クロムハーツさんでしたか。

ええ、認めます、認めますとも。

私の容姿では、あの『聖女』に敵いません。なんですかあれ？　あんなかわいい子を相手にしたら勝ち目なんてないじゃないですか。

いいえ、落ち着きなさい、リリィ・オーランド。容姿は圧倒的に向こうが上。でもかわいいからって冒険者をやっていけますか？　違うでしょう！　冒険者は力こそ全て。力なき者から消えていきます。過去の私がそうなりかけたように。

ステータスだって私の方が上です。踏んできた場数も圧倒的に私が上。本気で死にそうにな

った経験をしたことありますか？　ないでしょう⁉

……結局興奮してしまいました。次こそ本当に落ち着きましょう。

深呼吸をして心を落ち着かせます。


アドルたちと190階層のフロアボス――煌王龍ヴァルドラグとの戦闘が始まります。

もちろん私は戦闘に参加しませんよ。アドルたちと協力するなんて死んでも嫌です。タルトと一緒に『隠密』で姿を隠し、遠くから観察することにします。

さて、アドルたちの戦いぶりですが――

憎たらしいぐらいよい連携を取っていますね。パーティーに足を引っ張る存在がいなくなったことで生き生きとしていますよ。しかもこの3年でずいぶんと強くなったようです。

おのおの師匠と呼べる人の下で修行していたみたいですが、そこはさぞよい環境だったでしょうね。人の手で作られた温かくて美味しいご飯。目いっぱい太陽の光を浴びたふかふかな布団。娯楽だってたくさんあったでしょう。

それに比べて私はどうです？

ただ焼いただけのハズレの可能性もある魔物の肉。太陽の光なんて浴びたことないであろうスカスカな布団。娯楽なんて文字が読めない本を読むこと以外になかったですよ。

アドルたちとの環境の格差を考えると、またイライラしてきました。

「キュウ！」

はい。これでイライラは治りました。やはりタルトは私を癒してくれる最高のパートナーです。でも、あまり大きな声を出すと気付かれるので大人しくしましょうね。

暫くして戦況が変わりました。

アドルとカリアでヴァルドラグにダメージを与えていたわけですが、そのヴァルドラグは上空へと避難してしまいます。そのまま体が光輝きだして、その光をアドルたちに向けて発射。これには回避するしかなく、アドルたちは光線に当たらぬように逃げ回ります。

そしてアドルたちは無事に回避し終えました。でも強制的に魔術発動を中断させられたクオリアは悔しそうにしています。時間がかかるのなら、もっと短時間で発動できる魔術を使えばいいのに……。魔術は高い火力が全てではないのですよ。

大技を繰り出したヴァルドラグが畳みかけるように、今度は3体の龍を召喚しました。大きさが違うだけで姿は瓜二つですが分身とかではないようです。完全に別個体のようで、その3体は上空から急降下しアドルたちに迫りました。

その3体を相手するのはアドル、カリア、ゼペットです。シャルロットさんはアドルの指示で、クオリアの魔術発動の準備を邪魔させないように障壁で防御しています。

流石に連携もバッチリなので3体の龍は彼らに倒されます。

しかしアドルたちが疲弊しただけで、上空にいるヴァルドラグには傷一つ与えることはできていないです。

「アドル、乗って！」

策を思いついたのか、カリアはアドルにそう声をかけますが……乗ってというのは大楯に、ですね。カリアの策はなんとなく分かりました。おそらくアドルを乗せて上空へ投げ飛ばすのでしょう。

私の予想は当たったようでカリアは大楯に乗ったアドルを、ヴァルドラグに向かってフルスイングしました。

これには驚きましたね。女性とは思えぬ筋力です。日頃から鍛えているのでしょう。

上空へ投げ飛ばされたアドルはヴァルドラグの胴体に一閃し、そのまま体勢を変えてヴァルドラグの首に剣を突き刺します。そこに『風魔術』で加速させたのか自分もろとも地面へと叩き落とします。

「アドル！　準備が終わったから離れてッ！」

そして決め手となったクオリアの魔術。

ヴァルドラグを襲った漆黒の炎は、『獄炎魔術』と『暗黒魔術』を組み合わせた最上級魔術

――【冥界怨獄炎砲(インフェルノ・ハデス)】という魔術です。

あれだけ時間をかけたのですから、威力はあります。それに【冥界怨獄炎砲(インフェルノ・ハデス)】が齎(もたら)す状態異常もかなり効果がありましたね。あとはゼペットの攻撃ですか。彼の攻撃には『毒魔術』が付与されていたので毒の蓄積ダメージもあったのでしょう。

何はともあれ、アドルたちはオルフェノク地下大迷宮190階層のフロアボスを倒すことができました。まあ、私ならすぐに倒せましたけどね！

戦いの経験は積んでいるようですが、まだまだ少ないと個人的には思いました。戦い方ももう少し考えれば楽になっていたかもしれません。

特にクオリアの魔術発動の遅さ。同じ魔道士として気になるからですかね。先ほども言いましたが高い火力で一気に倒すのではなく、もっと相手の行動の邪魔をしたり時間がかからない且つ威力もそれなりにある魔術を使えばよかった。ただ、個人の戦闘スタイルに口出しする権利もないので、これは私個人の意見と捉えてもらって結構です。

さて、煌王龍ヴァルドラグを倒したアドルたち。

彼らのオルフェノク地下大迷宮の攻略はこの先も続くでしょう。しかし、私は最後まで見届けるなんてことはしません。

フロアボスも倒されて、上の階層に繋がる扉も開いたことです。さっさとここから出て189階層に向かいましょう。アドルたちとも一旦これでさよならです。

パキッ。

見つからないように『隠密』で気配を消して去ろうとした時、部屋中央で亀裂が入るような音が聞こえました。

振り返ってみると、中央の空間が少しずつ崩れているのを確認しました。

3年間ここで暮らしていましたが、今まであんな現象を見たことありません。アドルたちも振り返って部屋中央を見ています。

そして、人が一人通れるほどの大きさにまで空いた穴から誰かが出てきました。

その人物は真っ黒な靄で覆われて容姿までは分かりません。でもなんでしょう、この感じ。

他とは違う明らかに危険な感じがします。取りあえず鑑定で確認しましょう。

《名■》■ル■■・セ■■ィ■ド
《性別》男性　《年齢》■■歳　《職業》『■■』

《■号》〝第■の■■■き〟
《ス■ータ■》
レ■ル　■■■
生命■　■■■■■■
魔　力　■■■■■■
持■力　■■■■■■
攻撃力　■■■■■■
■御力　■■■■■■
精神■　■■■■■■

スキル
※鑑定不可

な、なんですか、これ……？　鑑定しても全然ステータスが分かりません。こんなのは初めてです。妨害系のスキルでステータスを見せないようにしている？　だとしても、これは異常ですよね。読める場所もありますが、ほとんどが虫食いのようになっている。

正体不明の存在ですが、分かることはあれが不気味な存在だということ。

アドルたちは正体不明の生物を未知の魔物と判断したのか、戦闘を始めるようです。

私は正体不明だからこそ、一度ここは撤退すべきだと思います。しかし彼らが戦いたいと言うのであれば止めはしません。戦闘に巻き込まれないように私はここから去ります。

歩みを止めず、気付かれることなく進んでいた私たち。ふと振り返ってみるとアドルが他のメンバーを鼓舞して、それに応えるように全員武器を構えます。

そして、戦闘が始まろうとしたその刹那（せつな）——パーティーで一番の防御力を誇るカリアの左腕が大楯ごと斬り飛ばされました。

思わぬ出来事に呆然とするアドルたち。私もカリアの左腕が斬り飛ばされて動揺しました。ですが、私はまだ耐性がありますのですぐに冷静になります。

勘違いしないでほしいのはアドルたちだからそういう風になれるのではなく、このダンジョンでは些細なことであり至極当たり前の光景なのです。

ただ、それに慣れていない人たちからすればショックは大きい。アドルたちは恐怖で体が震えています。

それが原因なのか。何を思ったのか、アドルは叫びながら正体不明の生物に向かっていきました。

無謀な戦いだと分かっているはずです。それなのになぜ？　もしかして仲間を逃がすために自分が囮になって最悪他の４人を生かすための犠牲になるつもりですか？

覚悟を決めて正体不明の生物に迫るアドルは、懐に入り込み、剣を振るおうとしましたけど簡単に防がれて、それ以降は完全に防戦一方です。

そしてついにはアドルの右横腹を抉るように、正体不明の生物の剣が穿ちました。

かなりの出血です。大量の出血は命に関わる。当然意識が朦朧として立っているのすら困難。アドルの命もあと数十秒といったところです。

今のアドルは何を考えているのか。ここオルフェノク地下大迷宮で幼馴染を見捨てた自分が、同じ場所で死ぬとは思いもよらなかったとかでしょう。

……もういいでしょう。彼の冒険は終わったんです。アドルは戦いを挑んで敗北した。これはアドルの戦いであって私には関係ない。だから今までのことは見なかったことにして、『治癒魔術』を使わずにこの場に去っても誰も咎めない。

——確かに誰も咎めないですね。だって誰も見ていないのだから。でも、そんなことしても自分の中に罪悪感が芽生えるだけですよ？　それを背負って生きていく覚悟はありますか？

…………。

次は、クオリアですか？　ゼペットですか？　カリア？　それともシャルロットさん？　どちらにせよアドルが率いる勇者パーティーは、ここで死ぬ運命だったのです。

――本当に？　本当にそれでいいの？　その選択をしてこれから先、後悔はしない？

先ほどから何度も私の心が、私自身に聞いてきている気がしました。

死んでしまった人間にはもう二度と会えないと言います。でも、私の幼馴染たちはそれでもいいと私を見捨てました。行き先だって教えてくれなかった。教えてくれたら私だって引き下がっていたかもしれない。最初からアドルたちは私がああ言うと分かっていた上で同行を許し、万が一の保険として用意していた私を囮にした。そんな人たちを助けるなど……。

『世界には俺たちが知らないことや景色がたくさんある。みんなも見たいから冒険者になろうって決めたんだよな。それがもうすぐ叶うぞ。俺とカリアが前で戦ってクオリアとゼペットは援護。リリィはパーティーには絶対に必要な回復役。これ以上ない理想的なメンバーだ。俺たちならきっと最強の冒険者パーティーになれるはずだ!!』

どうしてこう何度も……。

その夢も叶うことはないじゃないですか。私の代わりに入ったシャルロットさんが私以上の役目を果たしていた。私が戻ったところでもう居場所などない。だから……。

「キュイキュイ……？」

「タルト……」

「キュゥ、キュイキュイ！」

タルトと会話はできませんが、心は繋がっていると思っています。

そんなタルトが私に伝えた言葉……。

……そうですね。いろいろなことを考えて分からなくなるより、タルトが伝えてくれたようにした方が後悔しませんよね。

「――【完全治癒（エクスヒール）】」

私が使用した【完全治癒（エクスヒール）】は『治療魔術』の中でも最上位の魔術です。私はスキルの効果もあるので問題なく何回も使えますが、この魔術は魔力の消費が激しい。それでも欠損した部分を修復できるのだから安いものですよ。

これでアドルは死なずに生き延びることができました。でも正直アドルたちがどこで死のうが、私には関係ないと思っています。

ただ、目の前に私の力で救える命があるというのに、それを見て見ぬふりをすることはできません。誰がなんと言おうと関係ないです。私は自分の信念に従って行動します。それがたとえ間違った選択でも自分の選択に後悔をしないために。


さて、助けに入ったのはいいですけど、まさかこんな形でアドルの前に出ることになるとは思いませんでしたね。しかしアドルは私が目の前に現れても、それが私であると気付いていない様子。それもそのはずで、私の素顔は仮面により見えないのですから。

使い道がないと思っていた黒白の仮面が、ここで役に立つとは思いませんでしたね。これがなかったら……まあ助けると決めた以上はなんとかしていたでしょう。『暴風魔術』とか使って顔の周りに風を吹かせて視認できないように……想像してみたら変な生き物です。あらぬ誤解をされそうなのでやらなくて正解ですね。

さらに黒白の仮面には『変声』というスキルがあるので、喋っても本来の私の声ではありません。声で私だと気付くことはないでしょう。いや、それ以前にアドルは私が生きていることを知らないので、現れたのが幼馴染のリリィ・オーランドであると分かるはずもないですね。

中身が私だと知らず、アドルは目の前に現れたのは謎の人間だと思うでしょう。真実を知ったらどんな反応をするのでしょう。このまま仮面を外して正体を露にしてもいいですが、どうせならもっと恩を売るべきでしょうか。

アドルは謎の生命体によって右横腹に穴を空けられました。それも今では私の『治癒魔術』で綺麗に塞がっていますけどね。

でも、私はある人物に文句を言いたい。

パーティーの回復役であるシャルロット・クロムハーツさんに。

本来これはパーティーの回復役──『聖女』である彼女の仕事ですよ。カリアの左腕が斬り飛ばされたのを目撃しただけで冷静さを失うなんて呆れてしまいます。腕の1本や2本失って取り乱すなんて冒険者としてやっていけませんよ？

この言い方だと自分が実際に経験しているみたいですけど、当然経験しているに決まっているじゃないですか。

前にも少し話しましたけど、体の一部が欠損した程度で私は慌てません。

考えてみてください。オルフェノク地下大迷宮の上層で逃げることしかできなかった冒険者が負傷せずに最下層で生活できるとでも？　こう見えて私の右腕は4回、左腕は6回、足だって両方合わせれば8回は世代交代しています。今でこそ楽に倒せますが、レベルが上がって強くなったとしても勝てない魔物はたくさんいましたので。当然致命傷を負う時もあります。

『治癒魔術』で治るとはいえ、体の一部を失った時の痛みは壮絶で慣れることはありません。できるなら二度とあの痛みを味わいたくないです。しかし冒険者たるもの如何なる状況も想定しなければいけません。当然体の一部を失うことも。

一応『勇者』であるパーティーのアドルの仲間――シャルロットさんが現状役に立っていないので、彼女にはもう少し何が起きても冷静でいられる強い心を持ってほしいです。

「………ッ!? 傷が……な、治ってる?」

まるで奇跡を見たかのように目を大きく開き、アドルは驚愕しています。『聖女』がパーティーにいるのだから【完全治癒】くらいは耳にしたことがあるでしょう。ああでも、使う機会がなかったから実際に目にするのは、この感じから察するに初めてって感じですかね。

そうですよ、私が治してあげたのですから感謝してください。

「頼む、俺の仲間も重症なんだ。治してくれッ！」

傷は塞がっても体外に流れた血液が戻ることはありません。そのためアドルは立ち上がろうにも、足元がふらついて思うように立てませんでした。

それでも希望を離さないようにと、アドルは私のローブに縋り付いてきます。そんな強く掴んだら伸びちゃうじゃないですか。それに私に向ける最初の言葉が感謝の言葉ではなく懇願とは。でもアドルの態度は気に食わないですが、負傷したのがカリアですからね。

アドルと違って最後まで私に優しく接してくれた友人です。昔は夜遅くまで一緒に喋ってクオリアに怒られたことがありましたね。それでも3年前、私を囮にすることに賛成したので許せませんけど……。

そういえば、あの時はカリアの様子が変だったような。何か独り言をぶつぶつと呟いていた気がしますが、まあいいです。カリアに対する怒りの度合いは低いです。

「もう治しましたよ。しばらく安静にしていればあなたも彼女もすぐ元気になります」

実はアドルと同時にカリアにも【完全治癒(エクスヒール)】をかけておきました。どうせ頼まれると分かっていましたし、助けると言ったからには責任をもって治しました。

アドルも左腕が元に戻ったカリアを見て一安心。

「見ず知らずの俺たちを助けてくれて本当に、本当に感謝している……」

「これは私が望んでやったことですので御礼は不要です。それよりも邪魔だから仲間と一緒に早くここから消えてください」

「あ、あんたはどうするんだよ⁉　命の恩人を見殺しになんかできない」

じゃあ、もう一度あの正体不明の生物に立ち向かうと？

一度植え付けられた恐怖は消えません。現にその体は震えているではないですか。お世辞にも戦える状態とは言えません。

「別に心配しなくてもいいですよ。私、あなたより強いですから。むしろここに居続けられた方が迷惑です。命の恩人と思うなら早く仲間と一緒にどこかへ行ってください」

「けどアイツの強さは異常――」

ああもう、面倒ですね！　分かっていますよ、そんなこと!!　気配を隠して一部始終見ていたんですから、あれの強さが異常に見えるなんてことは!!

今からするのはアドルと同じことです。転移装置でアドルたちがオルフェノク地下大迷宮から脱出するまでの時間稼ぎ。先ほどまで死にかけていた人間が戦力になるとは思えない。だから私は行けと言っているのです。

それでも頑なに動こうとしないアドル。本当に今の状況が分かっているんですか、この人は？　ここまで来ると善意で忠告するアドルも嫌がらせしているだけにしか見えません。

もうこうなったら力ずくです。

「タルト、この人を向こうへ投げ飛ばしてください」

「キュイ!!」

私の指示でタルトは、その小柄な体でアドルをクオリアたちがいる場所へ投げ飛ばします。

悪く思わないでください。もとはといえば、動こうとしないアドルがいけないのです。

タルトに軽々と投げ飛ばされたアドルは、クオリアたちの手前で体を強く地面にぶつけます。

タルト、ナイスコントロールです。

「――くっ……」

「アドル!?　アドルを投げ飛ばすなんて……。なんてことするのよ、あのドラゴン!!　たぶんあいつの従魔なんでしょうけど躾がなってな――」

「やめろクオリア！　あの人たちは俺たちを助けてくれたんだ。悪いがここは任せよう。命あっての冒険者だからな……」

そうです、私に任せて逃げてください。

アドルたちは水晶を起動させて別の場所へ転移しました。場所はオルフェノク地下大迷宮の入り口か別階層か。たぶん入り口ですね。魔物がいない場所で落ち着きを取り戻してください。

邪魔者がいなくなった今、この場にいるのは私とタルト、そしてアドルとカリアに致命傷を与えた正体不明の生物だけ。

考えてみれば私は囮みたいなことをやっていますね。しかも今度は自分から。私は囮が好きなのでしょうか。

向こうはアドルを仕留め損なったことで機嫌を悪くしています。どうしてそこまでアドルに固執するのか分かりませんが、何か理由があるのでしょう。

でも突如現れた私がアドルの怪我を治し、さらにはこの場から逃がしたことで正体不明の生物の行動は全て無駄になった。

もうここにいる理由もないですよね。では、ここで解散しましょう。


——という風にはいかないですよね。


お陰様で正体不明の生物は私を逃がす気はないようです。しかも今度は確実に仕留めようと雰囲気が変わっています。戦わざるを得ないとはこのことですね。

相手のステータスやスキルは未知。私より強いのか弱いのか、情報が不足しているため確証を得ることはできません。どうやら久し振りに気の抜けない戦いになりそうです。


謎の生命体は抉れるほどの威力で地面を強く蹴り飛ばし、私に急接近してきます。

回避は簡単にできます。なんでしたらカリアが受けた攻撃の正体も薄々気付いています。

あれは単純に自身の魔力を飛ばしただけ。でもおそらく、魔力の性質を変化させて刃物のように鋭くしたのでしょう。魔術として名前をつけるなら『斬撃魔術』とでもいったところでしょうか。そのような魔術が存在していたとは知りませんでしたが。

てっきり私にもその攻撃が来ると覚悟していたのですが、向こうは接近戦に持ち込むようで

す。理由はまあ、分かりやすいですね。

あの生物は「魔道士だから距離を詰めれば無力」とでも思っているのでしょう。

もしかすると世界には近接戦を好む変わり者の魔道士がいるかもしれませんが、多くの魔道士は近接戦を苦手とするのではないでしょうか。

基本的に魔道士は魔術に依存しています。立ち回りで言えば、後方で前衛の支援をすると教えられるはずです。そしてその教えが長きにわたり、いつしか正しいと認識されてしまう。

魔道士であれば、魔術を主軸として戦うのは間違っていません。ですが、それに頼り過ぎて魔道士の弱点を忘れてしまっている。でも、魔道士のステータスは近接に向いていないので仕方ないと言えばそうなのかもしれません。

かくいう私も近接戦は苦手です。

練習相手は山ほどいましたが私の攻撃力は壊滅的なので、一方的にダメージを受けるだけ。一応守りも強固なので近接戦に持ち込まれても、すぐにやられてしまうことはありません。それに私の魔術は強力なので近づく前に倒してしまえば問題ないのです。

しかし、近接戦が弱点であるのも事実。今は問題なくとも将来どうなるか分からない。ステータスの関係上、攻撃力がお粗末なため、あまり意味がないかもしれませんが時間に余裕がある時にでも近接戦の練習でもしておきますかね。

こうしている間にも、正体不明の生物は目前まで距離を詰めました。

速度は速いですが見切れない速度でもないので、物理攻撃であろうと先ほども言ったように回避するのは可能。そのあとの行動パターンもだいたい想像できます。

ただ、今回はわざと攻撃を受けることにします。

危険は承知の上ですが、全力で防御しておけばたぶん大丈夫ですよ。仮に怪我しても『治癒魔術』で治せばいいだけです。あとは仮にも『勇者』であるアドルを圧倒していたので、かなりの実力者だと認識していますが、あらためて実力を確認したいからですかね。

正体不明の生物の剣は、一直線に私に振り下ろされます。

黒い靄で隠れていますが、ニヤリと笑っているように見えます。動かない――いや、速さに追い付けず動けないと思い込んでいるのか、確実に殺ったと思っているのでしょう。

しかしその刃が届くことはありません。

正体不明の生物の一撃は私があらかじめ用意しておいた【聖光領域結界(ホーリーフィールド)】によって阻まれます。それでも1枚は破壊されて2枚目に傷がついたぐらい。まあ『多重詠唱』で可能な最大枚数50枚の【聖光領域結界(ホーリーフィールド)】が障壁として存在しているので、1枚破られたところで問題ないです。

これには正体不明の生物も驚いている様子。

私の前に障壁があることは視認できていたはず。でもそれを容易に突破できると考えていたのでしょう。しかし私の障壁をその辺のものと一緒にしてほしくないです。見た目は薄いですけど、そこには50枚の障壁が重なっているのですよ。

いや、でも考えてみると、これは私が悪いかもしれませんね。1枚破るのでも苦労する障壁を50枚も用意していたのです。上から目線で申し訳ないですが、1枚破ることができるだけでもすごいと思います。

それで、謎の生命体の攻撃を受けたわけですけど——私を殺すには力不足だと感じてしまいましたね。

私が出会ってきた魔物の中でも十分強いですし、本気だったかどうかは定かではありませんが、私の【聖光領域結界（ホーリーフィールド）】を1枚破り2枚目を傷つけた。

でも、言ってしまえばそれだけです。

念のために50枚用意しましたが10枚程度に減らしても問題ないと思いました。でも、たとえ勝てる相手でも油断はしないとオルフェノク地下大迷宮で学んでいるので破壊された障壁を張り直し、傷ついた部分を修復して万全の状態にしておきます。

修復が終わったので今度はこちらの番です。

「【獄炎封殺陣(インフェルノサークル)】」

正体不明の生物に宵闇の魔道士杖を向け、周囲を囲むように魔法陣が出現。そこから炎の柱が勢いよく天まで伸び、正体不明の生物を包み込みます。

あの中は言うまでもなく超高温です。生身で入れば無事で済むはずがない。確実に死んでしまうでしょう。ですが、アドルの命を狙った向こうが先。そして原因は私にありますが、その殺意の矛先をこちらに向けました。

つまりこれは命のやり取りです。故に容赦は不要。ここは、そういう世界なのですから。

炎の柱に包まれた正体不明の生物。

一向に出る気配はなく、このまま倒したのかと思いきや、私が生み出した炎の柱に一閃が入り、そこから正体不明の生物が現れます。

黒い靄のせいで焦げているのかいないのか不明ですが、生きてはいます。あの黒い靄がダメージを軽減したのか、それとも耐性があって大して効いていないのか。もしくはその両方とも考えられる。

ゆっくりと歩いて近づく正体不明の生物ですが、より一層強くなった殺意をひしひしと感じます。やられっぱなしで怒っている感じです。

「■■■■■■■、■■■■■■■■■■■■!!」

怒りを露にするかのように奇声を発しました。耳に響く嫌な音で非常に不愉快です。

先ほどの魔術で生命力は削れたのかというと、鑑定してもステータスが上手く表示されないので分かりません。しかしあの様子を見るに微量だとしても確実にダメージは受けています。

今度は他の魔術で弱点になる属性を探そうと思ったのですが——

「キュイキュイ!!」

どうやらタルトも戦闘に参加したいようです。しかも私にいいところを見せたいのか、自分一人に任せてほしいみたい。タルトの強さはもう十分見せてもらっていますし、なんでしたらタルトは私の側にいてくれるだけでいいのですが……。

タルトのステータスは私のせいで本来のものより下がっています。契約前の状態なら正体不明の生物を瞬殺するかもしれませんが、今の状態でステータスが未知数の敵と戦わせるわけには——いやでも、タルトの今のステータスは私とほぼ同じでしたね。私でも戦えるのだからタルトでも大丈夫なのでしょう。

従魔だからと私の意見を押し付けず、本人の意思を尊重するのも大切ですよね。ここはタルトに任せてみますか。いざとなれば私が加勢すればいいことですし。

「無理はしないでくださいね」

「キュイ!」

そう返事をすると、タルトは元気よく私の前に出ます。

そして、自身の体を正体不明の生物とほぼ同じ大きさにまで変化させました。あの時もそうでしたが、タルトは自分の意志で大きさを変えられるのですね。

タルトは翼を羽ばたかせて正体不明の生物に突進していきます。そのまま左手を正体不明の生物に向けると、何やら魔術を発動させたようです。

あれは――【能力値弱体（ステータスダウン）】です。ステータスの弱体化は、タルトと名付ける前にカタストロフドラゴン戦で私がとった戦法ですね。

ああ、なんて賢い子なのでしょう。

しかも『多重詠唱』で50倍にまで効果を上げています。これも私がやっていました。

自分が負けた原因を知り、それを学んで生かす。

私の従魔は天才なのではと思ってしまいます。他の従魔にできる芸当とは思えません。

タルトの魔術を受けてステータスが減少した正体不明の生物。炎への耐性はありましたが、こちらの耐性はなかったようです。

異変に気付いた時にはもう遅い。体が重く感じているのか動きが鈍く、タルトから距離を取ろうとした時には突き進むタルトに顔面を全力で殴られます。

骨が砕けるような痛々しい音が空間一帯に響き、正体不明の生物は壁へ強く激突。

女の子なのにパワフルですね。ですが、嫌いじゃありませんよ。私にない攻撃力を持っていて羨ましいですが、それを補ってくれるので頼もしい限りです。

黒い靄で魔術による攻撃を軽減していたかもしれませんが、今度は物理攻撃です。防御力も高いでしょうからダメージを食らったかは分かりませんが、衝撃も痛みも直接その体に刻み込まれます。離れて見ていた私からも手応えがあったと感じています。

これで決着ですかね。

タルトもよくやりました。正体不明の生物の生死を確認し終えたら、たくさん褒めてあげます。

それにしても、本当になんだったのでしょうか。

アドルたち――いや、最初こそカリアの左腕を斬り落としましたが、それ以降はアドル以外の幼馴染たちには興味を示していなかったようにも見えたので、目的はアドルだけなのでしょう。

なぜアドルが命を狙われるような存在に？　強いて言えば、彼が『勇者』になったからでしょうか。でもそれが命を狙う理由になるとは思えない。

まあ考えても仕方ありませんね。今後もアドルたちに災難が訪れるかもしれません。が、私の知ったことではないです。今回は偶然その場に居合わせて私の目の前で命を落としそうな人がいたから助けただけですので。

さて、それよりも正体不明の生物の生死を確認しなければ。

私は正体不明の生物に近づこうと歩き出します。ですが、その途中で正体不明の生物がまだ生きていることに気付きました。

やられたにもかかわらずニヤリと笑っている。

いまだ油断せず警戒していた私は、障壁を維持したままです。不意を突いた攻撃でも防げる自信があります。しかし、自分が劣勢だというのにあの余裕があるような笑み。


——何かある。


そう感じ取った時には、正体不明の生物が放った魔術が高速で私に向かっていたのです。

私には『魔力障壁』と【聖光領域結界（ホーリーフィールド）】があります。この攻撃も特に変わった感じがしない。であれば障壁が破壊されることはないので直撃することはありません。

そう思っていても、どこか嫌な予感がしていました。

そして、タルトも嫌な予感がしていたのか、正体不明の生物が放った魔術から私を庇（かば）おうと突き飛ばしてきました。

「タルトッ!?」

思わず声を上げた時には、タルトの翼が穿たれていました。

タルトは賢い子です。私を見習ってタルトも【聖光領域結界】を最大枚数張っていました。

しかし、その障壁が意味をなさずに貫通した。

私の【聖光領域結界】を1枚しか壊せなかった正体不明の生物。それなのに私と同等のものを使えるタルトの【聖光領域結界】をいきなり50枚全て壊せるとは思えません。それが可能であれば、私に攻撃を仕掛けた時にやっていればいい話。そうすれば正体不明の生物が優位に立っていたでしょう。

となると……やらなかったのではなくできなかった？　おそらく『魔力障壁』と50枚の【聖光領域結界】を貫通させたのは、なんらかのスキルが影響していると思います。スキルの効果を無効化するようなスキル……。強力故に使用できる回数に制限があったり、使用にはいくつか条件が存在した。

さまざまな考察ができますが、そんなスキルが実在するのか分かりません。そんなことよりも今はタルトの怪我の治療を優先しなければ。スキルのことはそのあとでも考えられる。

幸いにも穿たれたのは頭や胴体ではなく翼。これが原因で飛べなくなった時を考えると胸が苦しくなりますが、私の『治癒魔術』があれば治ります。それはもう傷跡すら残らないように完璧に治します。だから心配する必要はない。

それよりもアレは、この世で最もやってはいけないことをしてしまった。

かわいい私のタルト。過ごした時間は短くとも今では家族のように愛しています。

そのタルトの翼にあろうことか、アレは穴を空けた。

戦いなのだから怪我をするのは当たり前。私だって何度も四肢を失っていますから十分理解はしているつもりです。当然タルトに戦いを任せた時に怪我をするかもしれないと覚悟はしていました。障壁があるとはいえ、絶対ではないので。

覚悟はしていた。でも実際に傷ついたタルトを見たらその覚悟など消え去り、今まで抱いてきたものが嘘と思えるぐらい激しい怒りが沸いてきます。それと同時に芽生える殺意。

タルトを傷つけること。それすなわち――

「――万死に値します……」

タルトは悪くない。出方を窺って最初から本気を出さなかった私が悪いです。

今さら遅いのは分かっています。ですが、ここからは手加減なしです。

オルフェノク地下大迷宮が崩れようと関係ありません。私の持てる力全てを使って本気でアレを殺しにいきます。そしてタルトを傷つけた罪、それを身をもって体感させます。死んだ方がマシと思えるぐらいの深い絶望を味合わせてあげましょう。

私は今正常な判断ができていないと自覚しています。

きっと、さまざまな思考を放棄して怒りに身を任せているのでしょう。今は全てがどうでもよく、タルトの翼を貫いたアレのことだけを考えています。

怒りは冷静さを欠いてしまいます。だからこれから私が自分でも引いてしまう残虐行為を行っても、然程気にすることはないでしょうね。

それに、私も悪いですが向こうも悪い。無駄な足掻き(あが)をしなければ場合によっては見逃していたかもしれないものを。

「キュウ……」

「タルト、私を庇ってくれてありがとう。傷はもう治しました。すぐに終わらせてくるので少し待っていてくださいね」

タルトの翼の治療を終えた私は、視線を正体不明の生物に向けます。

もう一度タルトの翼を穿った攻撃が来るのか油断せずに近づいているわけですが、逃げる素振りは見せませんね。

見る感じではひどく怯えていて足が竦み立てない様子です。先ほどまでの威勢はどこへ行ったのやら。私と目も合わせてくれませんね。まあ、アドルたちの前に現れた時から黒白の仮面を着けているので向こうからしたら私の表情は分からないと思いますけど、表情を読み取れないのはこちらとて同じです。

それはそうと、確かに私は怒っていますがそこまで怯えるほどでしょうか。あまりの怯えように冷静さを少しずつ取り戻してきましたが、いまだ怒りは健在です。しかし、この状況を端から見ると私の方が弱者を虐めめる悪人に思えますね。

どうしてそこまで怯えているのか。

原因は当然私にあるでしょうけど、ここまで別人に変わり果てた正体不明の生物が気になりました。

そこで私は自分の周りを『魔力感知』にて確認してみました。すると、あら不思議。私からとんでもない量のオーラみたいなものが漏れ出ているではないですか。

これは私の魔力ですね。普段は制御も無意識で行っているので気にしていませんでしたが、激しい感情を抱くと、それに応じて魔力の流れも荒くなり外へ漏れ出てしまうのですね。これでまた一つ賢くなりました。

原因が分かったところで距離も近づき、今では正体不明の生物の目の前に立っています。

わざわざ収める必要もないのでそのままにしていましたが、結局最後まで逃げませんでしたね。いや、逃げることができなかったと言うのが正しいでしょうか。

どちらにせよ、私が手を抜くことはありませんよ。タルトを傷つけたこと。その罪は何よりも重い。深い絶望を味合わせるとも言いましたしね。

ただ、深い絶望とはどういったものでしょうか。

一番に思いつくのは、〝永遠の苦痛〟ですかね。

昔の私であれば永遠の苦痛など自分の口から出ない言葉ですね。こうなってしまったのも、3年間もオルフェノク地下大迷宮で生活していた影響ですね。流石にこんな場所で生活していれば、価値観や考え方も変化します。

しかし、そうなると永遠の苦痛とはなんなのか。


命あるものは一度死ねば二度と蘇ることはない。死者蘇生の魔術もなくはないですが、禁忌(きんき)とされています。

なぜ死者蘇生の魔術が禁忌とされているのか。

それはその昔、とある『黒魔道士』の男性が愛する女性を謎の流行(はや)り病で失ったことから始まります。

その病は一つの国を壊滅させるほどのものだったらしく、当時病に効く魔法は存在せず治癒魔術をもってしても治ることはなかったらしいです。男性も流行り病を得てしまったようですが、愛する女性の方が重傷だったらしくもって数日の命だったとか。

希望なき未来でしたが、そこに救いの手が差し伸べられます。

流行り病に効く万能薬が生まれたのです。

ただ、その万能薬は王族や貴族に優先されてしまい、平民であった男性と女性に届くのには時間がかかった。その結果、刻一刻と迫る死に、何もできずに女性は死んでしまった。

ちなみにその国は、既に存在しない国として扱われています。流行り病も原因の一つだったようですが、それとは何か別の一件で国は滅んでしまいました。その話までは詳しく聞いたことがないので分かりません。

そして、愛する女性を亡くした男性は辛うじて回復し一命を取り留めます。ですが、そこに女性はいない。

ひどく悲しんだ男性はある行動に出たのです。

それが〝死者蘇生〟。

魔術には無限の可能性があると信じた男性は、禁忌を犯しました。

男性は長きにわたり研究を続け、ついには死者蘇生の魔術を完成させた。そして完成した死者蘇生の魔術にて、過去に亡くした女性を蘇らそうとしました。

ですが、たとえ蘇らせたとしても肉体に女性の魂がなければ、それはただの肉塊でしかない。

女性の魂は既にこの世には存在せず、男性の前に現れたのは魂の抜けた肉体でした。もしかすると死んですぐに死者蘇生の魔術を使えば、女性は男性が愛していた人物として蘇っていたのかもしれません。

自分が今までやってきたことはなんだったのか。

後悔する暇もなく、次の悲劇が起こります。

蘇った女性の肉体に女性ではない別の魂が入り込み、姿は愛する女性でも中身は破壊の限りを尽くす化物へと変わり果てたのです。

破壊の化身となった女性は多くの人を殺め、大国を滅ぼし、人類史上最悪の存在になった。


――という話があります。

ちなみにその女性は、４名の『魔王』によって殺されたという話です。

これだけ言っておいてあれですが、この話が事実なのかは知りません。作り話っていう可能性もあるかもしれません。

しかし、死者蘇生の魔術という話題は魔道士界隈でもかなり有名なものなので、事実であろうとなかろうと死んだ人間を蘇らそうとは思わないのです。禁忌を犯した者には災いが降り注ぐと言い伝えられてもいますし。

それでかなり脱線しましたけど、何の話でしたっけ？

ああ、そうでした。目の前にいる正体不明の生物をどうするかでした。

一撃で殺すのはあまりにも呆気なさ過ぎる。それで私の怒りが収まるかと聞かれたら無理ですね。かといって威力を加減するのも難しいです。今の私だと威力の低い魔術を使おうとしても、誤って最大火力で放ってしまう自信があります。

困りましたね。一撃で死なれてしまっては深い絶望——永遠の苦痛とはほど遠いです。

いや、私にだけできる方法がありました。

確かにこれは残虐行為です。こんなことを思い付くなんて私は自分を恐ろしく感じます。ですが、可哀想などとは微塵も思いませんよ。知っていますか？　普段は大人しい人間が怒ったら一番危険ということを。


私は正体不明の生物に再度、宵闇の魔道神杖を向けます。

そのまま魔術を発動しようと思いましたが、悪足掻きなのか『魔力障壁』を張っていますね。至近距離だとしても、これではダメージが軽減されます。

私は持っているスキルの中にある『崩壊魔術』を使います。本来はタルトが持つスキルで、実際にどんな効果なのか見たことはないので知りません。

ただ、直感でこれが最適解だと分かりました。

私が使った『崩壊魔術』――魔術の名前を【技能崩壊(ディストラクション)】とつけましょうか――により正体不明の生物が発動した『魔力障壁』は破壊されました。

焦って再度『魔力障壁』を張ろうとしていましたが、発動することができません。これは【技能崩壊(ディストラクション)】の影響ですかね。スキルを完全に破壊することはできないと思うので、おそらく一時的なものでしょう。でも、それで十分です。

私は先ほどと同様に『獄炎魔術』――【獄炎封殺陣(インフェルノサークル)】を使用して正体不明の生物を炎で包みます。

勘違いしないように言っておきますけど、この行為が楽しいなんて微塵も思っていません。叫び声が耳に残るのも合わさって最悪な気分です。でも、それ以上にタルトを傷つけたことが許せない。

たったそれだけで、って思うかもしれません。過剰だと思われても仕方ありません。しかし私は自分が傷つくよりもタルトが傷つく方がつらいのです。かといって、私のために頑張ろうとするタルトに戦うなと言うこともできない。

限界まで燃やし終えると、正体不明の生物は黒い煙を上げています。

途切れ途切れに声も出していますね。相変わらず黒い靄で正確には分かりませんが、皮膚が爛(ただ)れているかもしれません。

さて、ここからが本番です。

正体不明の生物は致命傷を負いました。これだけでもひどく苦しんでいるでしょう。

ですが私が本来得意としている魔術は、攻撃魔術ではありません。

致命傷は私の『治療魔術』で簡単に治ります。そして、そこに攻撃系統の魔術を放ちます。

その繰り返しをしていくうちに、正体不明の生物は声すら出せなくなりました。

もちろん死んでいませんよ。普通に生きています。生命力も私の『治療魔術』で全快していますからね。

ただし、心に負った精神的苦痛は『治療魔術』でも治すことは不可能です。

死を実感したと思いきや助かって、また死を実感する。

この連鎖に耐えきれる心を持つ生物はいませんよ。

怒りをぶつけ終えて冷静になり、我に返ったところで自分がやったことをあらためて考えてみると……確実にやりすぎですよね……。

一時の感情に身を任せてこんなこと……。本当にどうかしていましたよ。まるで私が私でなかったみたいです。これでは本当に私が悪役じゃないですか。

自分がやってしまったことを後悔しても仕方ありません。ここで目を背けるのも違う気がします。でも、毎回今回の一件みたいにタルトが傷ついて激怒してを繰り返すのはよくありません。今後はタルトが傷ついても、多少は我慢できるように努力することを心に誓いました。これでも我慢強い方ではあるので、大丈夫だと思います。

このあとはどうしましょうか。

主に正体不明の生物についてです。

私の魔術を食らい続け、動くこともせずにぐったりとしています。おそらく襲いかかってくる力も残っていないでしょう。でも流石にここに放置はできませんよね。気になることも多いので可能であれば情報を引き出したいのですが、この状態で情報を引き出せるのかどうか……。

正直なところ無理ですよね。精神に負った傷を回復させるには時間がかかります。仮に回復したとしても、素直に情報を吐いてくれるとは考えにくい。

取りあえず地上へ連れて行こうと、私が正体不明の生物に触れようとした瞬間――

「■■■、■■■■■■■■■■■■」

何者かの手が私の肩に触れていました。

い、いつの間に私の背後に現れたのですか？

ここまで接近されて肩まで触れられているというのに、音も気配も全く感じませんでした。

正体不明の生物に集中しすぎて周囲の警戒を怠っていた？　怒りで周囲が見えなくなっていたので、あり得る話……。

いや、それでもこの距離まで近づかれるのは変です。どれだけ鈍感な人でも真横、もしくは真後ろに人が立っていたらなんとなく気配は感じるはずです。しかし、今はそれがなかった。幽霊のように突然現れて背後に回られていました。

それだけではありません。他にも気になる点はありますよ。

こうして肩を触られていますが、私の『魔力障壁』が発動せず直接触れられています。これが一番不可解と言ってもいいでしょう。

つまり、この人は私に敵意や殺意を抱いていない。自動で『魔力障壁』が発動しないということはそういうことです。

ではなぜ、こんなにも背筋が凍るような感覚に陥るのですか？　正体不明の生物よりも気味が悪いです。

「■■■■■。■■■■■■■■■■■■」

私の耳元で何かを言ったようです。

実際は耳元で何を囁かれようと全然内容が分かりませんけどね。喋っている言語は正体不明の生物と同じような気もします。

そんなことを考えていると、またもや後ろで呟き始めました。いい加減、私の肩から手を退(の)けてほしいのですが。

『あ、あ。こっちの世界だとこんな感じかな。どう？　これで理解できるかな？』

話している言語は相変わらず理解できません。しかし意味は理解できます。直接脳内に語りかけられているような感じで、不思議と思う半面気持ち悪い感じがします。

今も私の肩に手を置いている男性。身長は目測で１８０センチほど。銀色の髪の毛。燃え滾(たぎ)る炎のような赤色と、大空のように透き通った青色の金銀妖瞳(ヘテロクロミア)。何もなければカッコいい男性だと思いますよ。でも正体不明の生物の知り合いにも見えますので、警戒心全開ですけどね。

ところで、そろそろ鬱陶(うっとう)しいので離れてもらいましょうか。

私は杖を横へ薙ぎ払います。

空を斬る音を立てて振られる杖を、男性は後ろへ飛んで回避。結果的に離れてほしいという私の思い通りにはなりましたが、そんなことよりも私は男性の左手に持っている物に視線が行きました。

『おっと、危ない危ない。いきなり攻撃だなんて結構好戦的なんだね。あっ、でも君とそこにいる彼との戦い――っていうか一方的な感じだったから戦いと呼べるかどうか……。一部始終見ていたけど、まさかその正体がこんなかわいい顔をしている子だったとは思いもよらなかったよ。どうして仮面なんかで素顔を隠しているんだい？』

男性が持っていたのは、私が着けていた黒白の仮面です。あれには『一体化』というスキルがあって、装備している人間が任意で着脱できる装備です。

亀裂から正体不明の生物が出てきたり、他者の手では外せない装備を外したり。次から次へと謎が出てきますね、まったく……。

なぜ勝手に黒白の仮面が外れたのか。所有者である私を無視してスキルが発動したとか？そういえば先ほどタルトの翼を穿った正体不明の生物の攻撃も、スキルを無視したような感じがしていましたよね。

それと、黒白の仮面の話とは別ですが、先ほどの一件を一部始終見ていたんですね。何か勘違いされそうだから他の人には見せたくない姿でしたが、見られてしまっては仕方ありません。

とまあ、他にもいろいろな疑問はありますが取りあえず――

「その仮面は大事なものなので返してください」

今後必要になるかもしれないですし、何よりタルトが見つけた宝箱の中身です。私にとって大事なものなので早急に返してもらいたい。

しかし、向こうの言語の意味は理解できますが、私が発した言葉の意味は理解できるのでしょうか。できなかったら会話は成り立ちませんが、私の予想だと――

『そっか。それは悪いことをしたね。いいよ。返してあげる』

向こうから話しかけてきたのだから、会話は可能だと予想していました。

ただそうなると正体不明の生物との会話ができなかったのが謎です。正体不明の生物をこの人は〝彼〟と言っていましたし、確実になんらかの関係性があると考えるべきですね。だったら正体不明の生物だって会話ができると思うのですが……。できない理由でもあったのでしょうか。

そんなことを考えていると、男性は黒白の仮面を持って悠然と私に近づいてきます。不用意に近づくのは危険でしょうけど、受け取るには私も近づかなければなりません。

警戒しつつ私も男性に近づきましたが、特に何ごともなく黒白の仮面を受け取ることができました。敵意があるなら攻撃する絶好の機会なのに……。本当によく分からない人です。ただ、私の本能がこの人は危険と言っているため、黒白の仮面を受け取ってすぐに男性の間合いから離れました。

『そんなに警戒しなくても……。でも急に君の後ろに立ったことは謝るよ。誰だって、見ず知らずの人間が至近距離で後ろに立っていたら驚くからね。俺だって驚く自信がある。ところでその仮面、本当に大事なものみたいだね。誰かの形見とかかな？』

「……それを聞いてどうするんですか？」

『別に深い理由はないよ。単純に興味本位で聞いただけさ』

「……あなたは一体何者なんですか？」

『あれ、俺の質問は無視かい？　悲しいなぁ。まあ答えなくてもいいって思っていたからいいけど。そんなどうでもいいことより、君に聞きたいことがあるんだけど……別に後回しでもいいか。言っても信じないと思うけど、教えてあげるよ。君の目線で言うならここは〝表世界〟。俺はその逆、〝裏世界〟の人間さ。簡単に言うと……異界人？　そんなところかな』

裏世界？　異界人……？

この人は何を言っているんでしょうか。私の動揺を誘おうとしている？

しかし冗談を言っているような気もしません。男性の言葉を事実と仮定して、つまりはここ とは別の世界が存在して、男性はそこからやってきたということですかね。

そうですね……。規模が大きすぎて、やはり冗談のように聞こえてしまうのが私の感想です。

『世界の大半がこのことを知らないと思うけど、実はこの世には世界が２つある。一つは君が住むこの世界。もう一つは俺やそこで気絶している彼が住む世界。でも実際は世界が2つだけかも分からないしね。2つあるなら3つあるかもしれない。俺たちが知らないだけでたくさんの世界が存在しているのかもしれない』

「その……裏世界？　という場所から来たあなたの目的はなんですか。まさか目的なしに来たわけではないですよね」

『目的？　もちろんあるよ。でもそれを説明するとなると長くなるけど、いいかな？』

「では手短にお願いします」

正直、できるならこの人とはあまり関わりたくないです。なんというか爽やかな外見とは裏腹に不気味さを感じます。私がそう答えると男性は軽く笑い声を溢し、ニヤリと不適な笑みを浮かべ言葉を続けました。

『俺の――というか俺たちの目的は、この世界の『勇者』と『魔王』の殺害。もし君がこの世界の『勇者』か『魔王』なら、これ以上言葉を交わす必要はない。出会って早々悪いけど大人しく消えてもらうよ』

男性から体が萎縮しそうなほど強い殺気が放たれます。さまざまな強い魔物と戦ってきましたが、これほどのものは今まで感じたことがないです。正体不明の生物も私から出る魔力をこんな風に感じていたのでしょうか。そうだとすれば怯えてしまうのも納得できます。でも私はそれで怯えるような人間ではありません。今回は流石に『魔力障壁』も反応して自動で発動していますし、もし向こうの気が変わって戦闘になっても普段通り戦えます。

ただ、私はなるべく戦いたくありません。正体不明の生物との戦闘が終わった際に解除していた【聖光領域結界（ホーリーフィールド）】を再び使ってしまったら戦闘の意思があると思われ、戦いに発展するかもしれませんので、ここは『魔力障壁』のみで様子見といったところです。

そして私は男性の質問に答えます。

「残念ながら私は『勇者』でも『魔王』でもありませんね」

つい最近知り合いが一人『勇者』になっていたことを知りましたが、ここで言う必要はないでしょう。まあ、一部始終――それがどこからどこまでかは分かりませんが――を見ていたのなら私とアドルの関係も知られている可能性はあります。それで仲間と疑われるかもしれません。その時はどうにかして誤魔化しましょう。

『そっか、それは俺もちょっと残念だ。彼を圧倒する力を持つ君とはぜひとも一戦交えてみたかったけど、俺は無意味な戦いはやらない主義でね。でも君が戦いたいって言うなら俺も――』

「いえ、遠慮しておきます」

『そんな食い気味で答えなくてもよくない？』

私も無意味な戦いは避ける主義です。だから余計な動きは見せていません。やむを得ず戦わなければならない時は戦いますけど、今回は戦う必要がない。それなのに戦うのは無駄な労力を使うだけ。

私たちが戦っても無意味なんですよね。なら、今も出し続けているその殺気を戻してほしいです。殺気を放たれている以上、常に気を張っていないといけませんから。

「なぜあなたは『勇者』や『魔王』を殺そうとするのですか？」

『――君は魔物がどうやって産まれるか知っているかい？』

急に話題を変えてきましたね。私が聞きたいのはどうして『勇者』や『魔王』を殺すのか、その理由だったのに。でも私ばかり質問するのも不公平ですかね。それで、魔物がどうやって産まれるかでしたっけ。

「死んだ魔物が大気中の魔素によって分解され、それを糧として新しく魔物が誕生する。私はそう習いました」

『半分正解ってところだね。君の説明だけだと魔物の肉体のみ――つまり中身は空っぽの器だけしか作られない。これでは新しく誕生した魔物も意思のない人形と同じ。ここで君に問題だ。肉体だけが形成されても大事なものが一つ足りない。その足りないものとは？』

「……魂、ですか？」

『そう。どんな生き物にも魂が存在する。新たな魔物の誕生には肉体と魂が必要になるけど、この2つのうち重要なのは〝魔物の魂〟の方だ。新しい肉体は簡単に用意できてしまうからね。それで、冒険者、同族、なんでもいいけど戦って死んだ魔物の魂はどこへ向かうのか。君はどこへ行くと思う？』

「その場に留まるのではないんですか？」

『いや、違うよ。答えはもう一方の世界さ。死んだ魔物の魂はもう片方の世界に引き寄せられ、その世界で造られた新たな肉体に入り復活する。理由は俺も詳しく知らないから聞かないでくれよ。俺もそれが2つの世界のルールだってあの方に聞かされたから。そういえば君、なんとなく……』

男性は私の顔をじっくりと見始めました。

私の顔に何かついているのでしょうか。もしそうだったら恥ずかしいですね。でもそんな感じではなく、男性は単純に気になったのか私の顔を見ている感じですね。

『……気のせいかな。ごめんね、途中で話を止めちゃって。それでさっきの話だけど、悪いが君もそれで納得してくれ』

いきなりそんなこと言われて、「はい、納得しました」なんて言えないですよ。ただ、話を円滑に進めるためにも、ここはそう割り切った方がいいかもしれませんね。詳しいことは後日自分で調べてもいいですし。調べるにしても世間一般に広まっている話でもなさそうなので、どこで調べればいいのか分かりませんが……。

「そのことと『勇者』と『魔王』の関係は？　ここまで話してないとは言わないですよね？」

『ああ。『勇者』か『魔王』になった者は、その身に特別なエネルギーを宿しているんだ。そのエネルギーは魔物の魂が持つエネルギーを増幅させてしまう。魂の強さは魔物の強さに比例する。増幅されたエネルギーを持った魔物の魂が肉体を手に入れた結果、それは以前とは比べ物にならないほど凶悪な魔物へと生まれ変わるんだ。そして、俺の故郷はそんな魔物に滅ぼされた。俺以外誰も生き残りはいない。その魔物は俺の知らぬ間に討伐されたようだが、幼い頃の俺は必死に逃げて生き延びた』

そして男性は恨みが籠っているのを感じ取れるような声色で、話を続けました。

『最初、俺はその魔物を憎んでいた。家族や友人を殺したんだ、仇を討とうと必死で強くなったが、俺の手で殺す前に討伐されてしまった。俺の憎しみはどこへぶつければいいのか。生きる意味を失ったそんな時、俺はある人に世界の真実を聞かされた。そして真実を知った俺は、憎しみの矛先を変えたんだ。こっちの世界の『勇者』と『魔王』にね。そいつらがいなければ、俺の家族や友人が死ぬことはなかった。故郷も滅びることはなかった』

なるほど、そういうことですか。だからこの人はこちらの世界にやってきた。その目的を果たすために。

「あなたがしようとしていること、要は復讐ってことですね。こちらの『勇者』と『魔王』を殺せば、あなたの住む世界に出現する魔物は減ります。魔物を殺すのは『勇者』や『魔王』だけではないので魔物が絶滅することはないと思いますが、少なくとも亡くなったあなたの家族や友人、故郷を滅ぼした凶悪な魔物の出現は減り、あなたのような経験をする人も減るでしょう。ただし、それは私たちの世界にも言えることです。そちらの世界に『勇者』や『魔王』がいるかは知りません。ですがあなたの言う〝特別なエネルギー〟を持つ人たちが魔物を殺せば、こちらの世界にも被害が及びます」

『だから何だって言うんだい？　俺には関係のないことだ。それにどちらにせよ、君の住むこの世界を滅ぼすつもりだから』

「……ッ!?」

『この世界がなければ、俺たちの住む世界は平和になる。でもこっちの世界に来られる人間は少なすぎる。滅ぼすために侵攻しようにも人手が足りない。少しずつこの世界を潰していくのも考えたけど、先に『勇者』や『魔王』を殺しておいた方があとあと楽になる。それに君たちの世界には俺たちの住む世界に行ける術がないと聞いた。それだとフェアじゃない。これはせめてもの慈悲だ。この世界への侵攻はあと回しにして、まずは『勇者』と『魔王』を殺す。君がなんと言おうと俺は変わらないよ。俺は俺の信念を貫いて君たちの世界に復讐するからね』

男性の目は完全に本気でした。最初から分かっていましたが、この状態では私が何を言っても聞かないですよね。

解決策を考えようにも、魔物を殺すな、なんて無理な話です。冒険者としての仕事だから、襲われた時の正当防衛などいろいろな理由があります。

かくいう私だって3年間で多くの魔物を殺してきました。でも、そうしなければ私は死んでいた。自分が生きるためには、そうするしかなかった。

ただ、それと同時に裏世界の人たちを間接的に殺した可能性もあるのでしょう。私は『勇者』や『魔王』ではないので特別なエネルギーとやらは持っていませんが、私が殺してきたのはもともとステータスが高い魔物たちです。強化されずともその魂は強いはず。しかし私はこの話を聞いても、さまざまな理由をつけて魔物を殺してしまうことになる。

私の行いは正しいことであり、間違っていることでもあるのでしょう。でも、それはこの男性も同じことです。

私も自分の信念に従いアドルたちを助けました。幼馴染であろうとなかろうと、今にも死にそうな人を見過ごすわけにはいかなかったから。

そして、私にあるように、この人にも自分の信念があります。その信念を曲げることはできないでしょう。故にこの世界への侵攻や『勇者』と『魔王』を殺すことをやめさせるのは難しい。

どちらの世界も救えるよい方法はないでしょうか。犠牲も抑えて、尚且つ平和的に解決できるよい方法——

——思いついた方法が一つありました……。

でもこれは現実的ではないです。１００人に聞けば全員が無理と答える方法。しかし、最初から無理と決めつけては始まりません。限りなくゼロに近い可能性ですが、やってみないと分かりませんので。

「どうやらこれ以上は時間の無駄みたいですね」

『止めないのかい？　ここにいるのは君の世界を滅ぼそうと企む人間だよ。俺を殺せば脅威は一つ減る。今君がすべきは俺を止める——いや、殺すことじゃないのかい？』

「私はそれを望みません。できるなら争うことなく解決したい。でも、あなたやあなたの仲間が私の大切な家族や友人を傷つけるようなことがあれば、その時は——」

私は男性の前まで近づき宣言します。

「その時は容赦しません。どんな手を使ってでも止めます」

それが相手を殺すことになっても。

犠牲を抑えて尚且つ平和的に解決したいと思っていた人間とは真逆の発言ですよね。自分でもよく分かっています。でも、タルトが傷ついた時の私を見ましたよね。あのようなことが大切な人たちの身に起これば、私は再び怒りに身を任せてしまうかもしれません。

この人たちが『勇者』や『魔王』を全員殺してしまったら、次はこの世界全てが標的になってしまいます。最悪の事態にならないためにも、限られた時間でどうにかしなければなりません。

『いいね、その眼。でも俺たちが約束を守るとは限らないよ。『勇者』や『魔王』を殺さずにこの世界への侵攻を始めるかもしれない』

「……あなたはそんなに私と戦いたいんですか？」

『まあ、君の本気を見てみたい気持ちはあるかな。あれが本気とは思えないからね。けど……君と戦うのはやっぱりやめにするよ。俺は約束を守る男だ。この世界への侵攻は当面せず、俺たちは『勇者』と『魔王』の殺害を優先する。過去に何度か挑んで殺せずに失敗、または返り討ちにあっているから、すぐに全員殺すことは無理だろう。時間はたくさんあるから精々解決策でも考えてなよ。俺は争うことなく解決させるなんて不可能だと思うけどね』

そう言うと男性は私の横を通り過ぎて、正体不明の生物に近づき片手で持ち上げました。

『よいしょ、っと。あらためて見るとこれはひどくやられたもんだ。外傷はまだしも心に受けた傷は治すのに時間がかかるからなぁ……。彼にも役目があるし、こんなところで終わってほしくないんだけど……。仕方ない、あまり気は乗らないが早めに治してもらおうかな』

そして男性は振り返って私を見ます。

『俺は仲間がやられたからって仇を討とうとは思わないから安心して。弱い奴がやられる、それが世界の真理だ。だから悪いのは君じゃなくて彼。でも、一応俺の仲間には釘を刺しておくけど彼が受けた傷が治ったら、『勇者』とか『魔王』なんて関係なく真っ先に君に復讐しに行くかもね。こればかりは止められないと思うから、その時は頑張ってよ。君とは近いうちにまた会えると思うから、それまで元気でね。それじゃあ』

正体不明の生物が現れた時のように空間に亀裂が入ると、人が1人通れるほどの大きさの穴ができました。男性はそのまま進んでいき、姿が見えなくなると亀裂も最初からなかったかのように元に戻ります。

取りあえず終わりましたね。なんだか一気に疲れた気がします。

それで、2つの世界を救うべく私が思い付いた方法。

それは単純で、とても馬鹿げたことです。

魔物の出現はもう片方の世界から魔物の魂が送り込まれ、肉体を得て復活する。それが2つの世界のルールです。

つまり、その世界のルールを変えてしまえば解決するのではないでしょうか。

我ながらなんて馬鹿な発想をしているのか、と思います。根本的なものを解決するにはそれしかないと思いましたが、なんとも浅はかですよね。

先ほども言いましたが、無理と言われる策です。だって世界のルールを変えるなどどうやってやるんですか？　神様に頼むとかですか？　じゃあ、どうやって神様に会うというのですか？

あらためて自分で言っておきながら、不可能に近いと理解しています。

まあ考える時間はあるでしょう。取りあえず当面はそれでいくとして、時間はあるのでその間に他にいい解決策が見つかるかもしれませんね。

あの人とその仲間は、『勇者』と『魔王』の殺害を優先するようです。でも過去に何度か行動を起こして失敗していると言っていました。それだけ『勇者』と『魔王』は強いということ。簡単にやられることはないでしょう。

しかしそうなると——

「……『勇者』となったアドルを見ると不安になりますね……」

アドルがいつ『勇者』として目覚めたのかは知りませんが、あれで本当に大丈夫なんですかね。私の助けがなかったら、正体不明の生物の手によって確実に死んでいました。これで彼らの目的は一つ達成できたということになっていましたね。

幼馴染というよりかは、この世界のために死んでもらいたくないのでもっと強くなってもらいたいところです。ただ、私が心配せずとも今回の敗北でアドルもいろいろと考えさせられるところがあるでしょうし、さらに力をつけようとはするでしょう。


さて、なんだかんだありましたが、地上への帰還を再開しましょう。

私の冒険の終着点は、世界のルールを変えるということになるかもしれません。でもその道中で多くの楽しいこと、あまりあってはほしくないですが、つらいことや悲しいことがあるでしょう。しかし、それを含めて冒険です。

「では行きましょうか。まだまだ先は長いですよ」

「キュイ！」

そして私たちは、オルフェノク地下大迷宮１９０階層をあとにします。

# 4章　地上への帰還

最下層から出発して、今日で25日が経ちました。

現在、私はオルフェノク地下大迷宮の4階層目にいます。

そう。あの400階層あるダンジョンの中を歩き続け、いよいよここまでやってきました。

長かったようで短かった気がします。そう思えるのは、タルトが一緒にいたからでしょう。

2人だったからそこまでつらくなかった。こんな長い道を一人で進むなど心細いですからね。

この3年間はよくも悪くも充実していました。ここで過ごしてきた日々が昨日のことのように鮮明に思い出せますよ。


娯楽のない日常。

ハズレの多い不味いご飯。

いつ崩れるか分からず安眠できないボロボロのベッド。

毎日が命懸けの生活。

魔物の攻撃によって失われる四肢。

その度に味わう苦痛。

………

…

あれ？　思い返してみても、悪い思い出しかないような……。

待ってください。そんなことはないはずです。3年もあるのです。もっと振り絞れば、いい思い出の1つや2つ出てくるはずです。

えっと……『白魔道士』だった私が本来使えない『黒魔道士』の魔術を使えるようになりましたね。これは確実にいいことですよ。使えてなかったら、いまだに私は最下層にある拠点で暮らしていました。

あとは忘れてはいけません。タルトとの出会いです。

今でこそかわいらしいサイズのドラゴンですが、初めて会った時は大きなドラゴンの姿でしたからね。ステータスを見た瞬間は、その数値に驚きました。こんなの人類が倒せる魔物ではないですよ、とか思っていましたね。

でもタルトが仲間になり、その恩恵を受けた私もステータスが飛躍的に上昇しました。

お陰さまで私も化け物じみたステータスの仲間入り。って、これは最初からでしたね。タルトの恩恵があろうとなかろうと、オルフェノク地下大迷宮で3年間生活してきた私のステータスは異常な数値です。

地上に出て私のステータスが公になったら、冒険ギルドなどでパーティーの勧誘やら危険な依頼など斡旋されて自由を奪われてしまいますよね。暫くはタルトと2人旅をしたいので、これはどうにかしたいところ。

タルトが仲間になって以降は特に何ごともなく進み、次に起きた大きな出来事と言えばアドルたちと出会ってしまったことですね。

そういえば無事に生還することができたのでしょうか?

あの銀髪の男性――名前を聞くのを忘れていましたね、聞いておけばよかった――やその仲間の標的になっていますよ。休む暇を与えずに次の刺客がアドルのもとへ向かっていたら、災難としか言いようがないですね。しかし、これも『勇者』となった者の運命。これればかりは死なないように頑張ってくださいと応援しかできませんね。

ファイトですよ、アドル。これからあなたは、裏世界の人たちに命を狙われることになります。世界のために頑張って強くなってください。

そういうわけなので、アドルたちに私の正体を明かすのはあとにします。

おそらくアドルたちは、私のことについて冒険者ギルドへ虚偽の報告をしているでしょう。あの時アドルたちのことを話していた冒険者たちは「自分たちのために囮になった」とか言っていたようですし。

冒険者ギルドへの虚偽の報告は罰が課せられます。最悪の場合、ブラックリストというものに登録されて二度と冒険者にはなれなくなります。

私が生きているということは、アドルたちの報告が偽りのものだったと証明することにもなります。私がその気になれば、あの日の真実を冒険者ギルドに報告してアドルたちを追及したあとに、冒険者ライセンスを剥奪させることも可能でしょう。

しかし、それをしてしまうとアドルが強くなる機会が減ってしまいます。アドルはこの世界の危機を知らずに、「死んではいけない」という責任を背負っています。『勇者』であろうと立場を失えば、周りからひどく責められてやる気を失われては困ります。

冒険者でなくとも自分を鍛える手段はいくらでもありますが、冒険者として活動するのが強くなるための一番の近道になるでしょう。

アドルたちの冒険者人生。生かすも殺すも私次第になりますが、結果的に私は生きています。

冒険者ライセンスを再発行する時に少々面倒なことになるかもしれませんが、この世界のためにも冒険者ギルドに真実は報告しません。それでもいろいろ聞かれるでしょうから、今のうちに適当な理由を考えておきましょう。

今までの出来事を振り返りながら進むこと30分。

私はやっと……やっとここまで戻ってきました。

「……オルフェノク地下大迷宮1階層……！」

冒険者は常に先を進むことに目指している。ダンジョンの1階層でここまで喜んでいるのは、世界中を探しても私だけですよ。でもそれだけ私の心は喜びに満ちているということです。

1階層の懐かしさとオルフェノク地下大迷宮ともお別れが近づいているなと思いながら出入り口へ向かう途中で、4人組の冒険者パーティーを見かけました。

レベル上げでしょうかね。3年前はオルフェノク地下大迷宮に挑戦する冒険者はそれほどいなかったです。3年も経てば変わるものですね。

でもあまり無理して奥へ進まない方がいいですよ。ここが1階層でも油断はしないと気を張っていても、出現する魔物は並みの冒険者からすると強敵ですからね。

どうやら私の視線を感じたのか、4人組の冒険者は私を見ました。

えっと……取りあえず何もしないのはあれなので、その場は会釈してやり過ごします。

こんなところに1人だけいるのは変だと思われたかもしれませんが、ここはオルフェノク地下大迷宮の1階層ですし、実力のある冒険者と思われている可能性もなきにしも非ず。私としては後者の方がいい――というか実際にオルフェノク地下大迷宮で3年も過ごした実力者ですので、そう思っていただきたい。

まあ、そんな事実をあの人たちは知らないですけどね。

声をかけようとも思いましたが、私の足取りは自然と早くなります。ごめんなさい、今は会話よりも優先すべきことがあるのです。

1歩、また1歩と歩み、奥の方から差し込む光を見つけた瞬間、私は走り出していました。

間違いありません。あれは――

オルフェノク地下大迷宮を抜けて視界に映った景色。

そよ風に揺れて心地よい音を奏でる木の葉。

雲一つない清々しいほどの青空。

煌々と照りつける暖かい日差し。

どれも3年前のあの日を境に見ることができなくなった景色です。こうして再びこの目で見られる日が来るとは……。

「帰ってきた……帰ってきましたよ……。私は地上に帰ってきた!!」

3年ぶりに感じた外の世界に、思わず叫んでしまいました。

しかも両腕を大きく上げてですよ。誰かに見られていたら、ちょっと恥ずかしいかも――

なんて冷静になって考えている私の横には、甲冑を纏う兵士2人の姿がありました。

オルフェノク地下大迷宮の警備を行っている衛兵でしょうか。3年前はいなかったはずです。

魔物がダンジョンから脱走しないように見張っているんですかね。

と、そんなことはどうでもいいのでした。今の私の顔は恥ずかしさのあまり赤くなっています。急に飛び出てきた冒険者が叫んだら当然こちらを見ますよね。衛兵2人に見つめられて尚更顔が赤くなります。こんなことなら地上に出る前に黒白の仮面を着けるべきだった……。

ひとまずこの場から離れましょう。居続けたら恥ずかしさが増す気がします。

私が初めて来た3年前とは違って道が整備されていました。その道を早足で駆け抜けて兵士2人から逃げるようにここから去ります。

そして歩き続けてふと後ろを振り返ってみると、兵士やオルフェノク地下大迷宮が見えなくなりました。

外に出て、本当にオルフェノク地下大迷宮から脱出したんだと実感します。なんだか涙が出そうな気もしますね。あの日々の生活が恋しくなったら戻ってくるかもしれませんが、暫くは外の生活を満喫しましょう。


コホン、それでは気を取り直して。


まずは最初の目的地を決めましょう。資金不足は旅において致命的ですので、資金を確保したり美味しいご飯を食べたりします。

そうですねぇ、できれば街に行きたいので……。

記憶にある限りでは、ここからだと3年前に最後に訪れた〝カルティエラ〟という大きな街が一番近いですね。カルティエラは冒険者活動の拠点として利用していました。

カルティエラまでの道は覚えているからたぶん大丈夫。もし駄目でもタルトに乗って地上にいる人たちに見つからないように空から探せば問題ないでしょう。

というわけで目的地が決定しました。これから私たちは、カルティエラに向かって出発します。

「やはり外はいいですねぇ。空気が美味しいです」

「キュイキュイ！」

「タルトもそう思いますか？」

今まで地下に住んでいましたが、地上の方がいいに決まっています。日差しや風、あらゆる自然のエネルギーをこの体に直で感じることができます。オルフェノク地下大迷宮での生活ではなかったものです。

そんな私たちは、カルティエラへ向かっています。

時間にして3時間ぐらいですかね。私たちはいまだ森の中を歩き続けています。

本来であれば1時間くらいで森を抜けることができ、そこからさらに1時間歩けばカルティエラに着くはずです。馬車を使えばもっと早く着きます。

ではなぜ私は1時間あれば抜けられる森を3時間もかかり、いまだに抜けられないでいるのか。

決して迷ったわけではないですよ。この辺はオルフェノク地下大迷宮への挑戦以外でも何度も来たことがあるので、だいたいの地理は分かります。

実はその……久し振りの外でいろいろと寄り道していたんですよね。

この森には、魔物だけではなく温厚な動物も住んでいます。野生動物の微笑ましい光景を眺めたり、あとは冒険者ギルドで買い取ってくれる薬草とかを摘んでいました。

オルフェノク地下大迷宮の魔物を売っても大金になります。しかし、薬草は薬になるので、私が摘んだ薬草が薬を必要する人のためになればいいと思っています。

でも、日暮れまではまだ時間がありますが、あまり時間をかけてはいつまで経ってもカルティエラに着きませんよね。少しペースを上げましょう。私たちは寄り道をなるべくせずに森の中を進みます。


道中数回だけ魔物を発見しましたが、オルフェノク地下大迷宮の魔物と比べたらかわいいものです。ステータスも驚くほど低かった。いや、今まで私が遭遇してきた魔物のステータスが異常なだけで、これが普通なのでしょうね。

ただ、あの銀髪男性の話を聞いてしまった私は、必要以上に魔物を殺してはいけないと思いました。もちろん他のダンジョンの攻略や冒険者の仕事など、時と場合によりますけどね。

しかし、魔物たちは私たちに襲いかかってくることはありませんでした。仮に襲いかかってきても、私には『魔力障壁』があるので魔物の攻撃が私に命中することはないですけどね。

オルフェノク地下大迷宮と違って、地上の魔物は弱いです。私を襲わなかったのはレベルの差が関係しているのかもしれませんね。厳密に言えば、オルフェノク地下大迷宮も中層から上の魔物は私からするとそこまで強くなく、襲いかかってくる頻度も下層と比べればそこまで多くもなかったです。

地上の魔物からは、私がどんな風に見えているんでしょうかね。圧倒的な力を持つ化け物とかでしょうか。まさか正体不明の生物が怯えていたみたいに、また魔力が漏れているとか――確認したところ大丈夫でした。

本能で敵わない。弱い魔物はそういうのに敏感だと思います。そう思っているから私を襲うことはないのでしょうが、どういうわけか遠くで観察されていたんですよね。

最初は観察されようが、別に気にせず無視していました。でも段々とその視線が気になってしまったのです。3年間の生活で隠しきれてない気配には簡単に気付けるようになってしまったので、見られていると意識すると変な感じがして仕方がなかったです。

私が所持しているスキルに、タルトの恩恵により獲得した『覇気』というのがあります。これは簡単に言えば、相手を威圧するスキル。さらにレベルの差があればあるだけ効果は強くなります。

これを使って魔物たちを追い払いました。私なんかを観察するより他にもっといい時間の使い方がありますよ。

　でもこのスキルは相手が弱すぎると気絶させてしまうこともあり、最悪ショックで命を落とすことも。私のレベルだと確実に魔物たちを殺してしまいます。無意味な殺生は避けたいので、そうならないように最小限に制御するわけですが、これが地味に大変でした。これから先、使う頻度もそれなりにあると思うので要練習ですね。

　私のスキルにより魔物たちは怯えて引き返し、無駄な戦闘を避けることができました。

　そんなことを繰り返しながら進み、オルフェノク地下大迷宮から出て約3時間半が経過したところで、やっと森を抜けることができました。あとは、このままカルティエラに向かうだけですね。でもその前に――

「ちょっとだけ休憩しましょうか」

「キュゥ！」

　タルトが返事をすると、どこからともなく低くて長めの音が聞こえました。その音は……タルトのお腹からです。

　ここまでずっと歩き続けてきましたからね。まずは森を抜けることを優先していたのでお昼ごはんはあと回しにしていました。時間的には少し遅いですが、お昼ごはんにしましょう。

　森の近くでごはんの支度――といっても魔物の肉を焼くだけですが――をすると匂いで森に

住む魔物が近づいてくるかもしれないので、少し歩いて広い場所を探します。

「ここにしましょう。ここなら魔物の接近も目視できますし、通りかかる冒険者とかにも会えるかもしれませんね」

森を抜けた先は草原が広がっています。

そんな中、大きな岩が半分顔を出している場所があります。かなりの大きさですので、頂上まで登るのは苦労しますね。

今回はここでお昼ごはんにしようと思います。【異次元収納箱（アイテムボックス）】から余っている魔物の肉を取り出して魔術を使って焼きます。

この肉はオルフェノク地下大迷宮で狩った魔物の中でもかなり美味しい肉です。せっかく外でごはんを食べるのです。どうせなら美味しいものを食べたいじゃないですか。

肉を焼いている間、タルトは岩に登って頂上から景色を眺めていました。まあ実際は登ったわけではなく、飛んでそこまで行ったわけですが。私も『浮遊魔術』があるのであとで登ってみましょうかね。

そうこうしているうちに、肉が焼けてきました。外だからかいつになく美味しそうに見えてしまいます。

「タルト、お肉が焼けたので降りてきてください」

タルトを呼び、お昼ごはんを食べます。

これでも私は約3年間魔物の肉を焼いてきました。だから肉を焼くことに関しては誰よりも自信があります。オルフェノク地下大迷宮で身に付けた技術ですね。そして今回は美味しいと分かっているお肉。この肉のよさを生かすためにも丁寧に焼きました。

では、味の方は……。

焼きたてのお肉を切って、口の中に運びます。

一回噛むだけで肉はとろけるようにほぐれていきます。そして口の中で肉汁が溢(あふ)れ出し旨味(うまみ)が広がる。かといって、しつこくもないです。初めて食べた時も思いましたが、このお肉はオルフェノク地下大迷宮の魔物の中でも最上級のものではないでしょうか。

「どうですか、美味しいですか？」

「キュイキュイ!!」

本当に美味しそうにタルトはお肉を頬張ります。この勢いだと用意したお肉はすぐになくなりそうですね。でも、タルトが満足してくれたら私はそれでいいのです。

お昼ごはんを食べ終えて片付けを済ませた私は、大きな岩を背もたれにして休憩します。タルトもお腹いっぱいになったのか、私の隣で眠そうな顔をしています。

気持ちのいい風です。日の光もポカポカして私も眠たくなってきました。

日暮れまではまだ時間があります。オルフェノク地下大迷宮の魔物ならまだしも地上の魔物なら容易に近づいてくることもないですし、少しだけ眠っても問題ないでしょう。最悪寝過ごしても野宿するので問題なし。

私は目をつむり、少しだけ眠ろうとしました。

眠ろうとすると穏やかな風の音が、普段よりも鮮明に聞こえます。

しかし、聞こえた音はそれだけではなく、風に乗って私の耳に入ったのはこの平和な空間とは場違いの物騒な音です。

この音は金属音？　金属がぶつかり合う音。近くで誰かが戦っているのでしょうか？

周囲を見渡しても人影は見えません。もしかして気のせい……とも考えましたが、スキル『五感強化』にて聴覚を強化し確かめてみたら、間違いなくぶつかり合う金属の音でした。

高いところから再度確認しようと『浮遊魔術』で空を飛び、景色を見下ろしてみると離れたところに３人組と魔物の集団を見つけます。状況は３人組が劣勢ですね。このままだと魔物の集団にやられてしまいます。


私は急いで３人組のもとへ向かいます。

魔物の集団はゴブリンでした。ゴブリンは基本的に弱い魔物なので集団で行動します。中には単独で行動する個体もいますが、その場合は危険度が高いです。さらには人を殺して奪った武器を使用したり、魔術を使用する個体も存在しますので、ゴブリンだからと舐めてかかっては痛い目を見ます。

今回はそのような個体はいないようですね。でも数が多い。だいたい20から30はいますね。3人でこの数を相手するのは結構厳しい。

ですが、もう大丈夫です。タルトに乗った私は現場に到着します。

実は現場に向かう前に、タルトには私一人が乗れるほどに大きさを変えてもらいました。そんなことせずに最初から最高速度で向かえばよかったかもしれませんが、ゴブリンからすれば大きなドラゴンは恐怖の対象でしかないと思うのです。タルトの姿を見れば退いてくれるという私の考えでしたが――

「ギギギッ!?」

どうやら効果があったようです。しかし、これはやり過ぎたようで――

「な、なんだ!? ドラゴン?」

3人組もタルトの姿を見て、驚いて腰を抜かしています。まあドラゴンなんてこの辺では出ないでしょうし、無理もありませんね。これは私が悪い。あとで謝りましょう。

そのためにも、まず私たちに敵意がないことを示すためゴブリンの集団を追い払います。

私自らの手で追い払うのも考えましたが魔術を使うと倒してしまいそうなので、ここはタルトにお願いして咆哮してもらいました。

空気が震えるような重い咆哮はゴブリンに恐怖を与え、そのまま私たちに背を向けて逃げていきます。

これにて一件落着。やはりオルフェノク地下大迷宮と違って、魔物も簡単に逃げてくれます。

さて、次は３人組の方です。

見てみるとゴブリンの襲撃で怪我をしています。装備もボロボロです。戦い慣れていないようにも見えたので、冒険者ではないのかも。

「あの、突然すみませんでした」

「あ、ああ。助かったよ。お陰でゴブリンたちにやられずに済んだ」

「いえいえ、無事でよかったです。それよりも怪我をしているようですが、私でよければ治療しましょうか？」

「い、いいのか？　あとで金を請求したりとかは……」

「そんなことしませんよ」

別に『治療魔術』を使ったところで支障が出るわけではありませんし、怪我をしている人を放っておくことはできません。

私は3人組に『治癒魔術』を使い怪我を治します。怪我といっても深い傷ではなく軽傷ですので、高位の『治癒魔術』を使う必要はありません。私からすれば消費する魔力は本当に微々たるものです。

「すごいな……一瞬で傷が治った……」

「おおっ！　なんだか体が軽くなった気がする！」

「俺も前々から腰の痛みがあったのに今は全然ない!!」

使用した『治癒魔術』にはそこまでの効果はないと思いますが……まあ元気になったのならそれでいいです。

それで、3人組にどうしてこんな場所にいるのか軽く説明を聞くと、彼らはここより少し離れた場所にある村の『狩人』のようで、食料調達のために狩りに出たとか。ただ村周辺に獲物はおらず、範囲を広げてここまで来た。その途中でゴブリンの集団に襲われて今に至るというわけです。

災難でしたね。まさかゴブリンの集団に襲われるとは思ってもいなかったでしょう。数匹であれば勝てる相手でしょうが、あれだけの数となると厳しい。

私には本当に感謝しているようです。今も深く頭を下げてお礼を述べているのですから。でも、そんなことしてもらうために助けたり治療したりしたわけではないですよ。私が助けたいと思ったから動いただけです。

「では、私はこれで失礼します。帰り道には気を付けてくださいね」

「待ってください。助けていただいたうえに怪我の治療までしてくださったのです。ぜひとも俺たちの村でお礼をさせてください」

一人の男性からそう提案されました。

カルティエラに向かう途中でしたが、男性もああ言っています。多少寄り道しても問題ないですよね。カルティエラへは特に急いでいるわけでもありませんし。せっかくの招待を断るわけにもいきませんので、ここは彼らの招待を受けることにします。

そして私とタルトは、カルティエラに行く前に助けた3人組が住む村へと行くことにしたのです。

村まではそれほど時間はかかりませんでした。

道中も魔物が出なかった――というよりは、私がいるから近づこうともしなかったですね。魔物にはあの森同様に、私の強さが本能的に分かるのでしょう。

それで村に到着したわけですが、まずは一つの建物に案内されました。案内される途中でいろいろと建物を見てきましたが、ここが一番立派です。客人用に造った家ですかね。

ちなみにタルトは、いつも通り小さい姿に戻っています。流石にあの大きさでは家の中に入れないですからね。それに村人を怖がらせてしまいます。ゴブリンを追い払った時もそうでしたが、この村に案内してくれた3人組は小さくなったタルトを見て別の意味で驚いていました。

暫くすると1人のご老人と先ほどの3人組の1人が入ってきました。この人は最初に私にお礼をした方です。

「お待たせして申し訳ございません。私はこの村で村長をさせていただいている〝ゾルド〟と申します。この度は村の者の窮地を救っていただき、さらには怪我の治療まで、村を代表して感謝申し上げます」

村長さんが頭を深々と下げて私にお礼の言葉を述べました。それは先ほどあの3人組からたくさん聞いたのですが……。

「いいえ、私が助けたいと思ってやったことですので、お気になさらず。あっ、申し遅れました。私はリリィといいます。この子は私の従魔のタルトです」

「これはこれは、リリィ様は謙虚な御方なのですね」

「そんなことないですよ。ところで、この村で何かありましたか？」

そう私が聞くと、村長さんが驚いた表情を浮かべていました。

実は村長さんの顔を見た時、どこか疲れ切ったような感じがしました。私の思い過ごしならいいですが、こういう時ってたいてい何かあるんですよね。

そして村長さんは、今の村の状況を話してくれました。

「……数日前のことです。村の何名かが高熱を出して倒れてしまい、今も熱が引かぬまま寝たきりなのです。私の孫娘にも同じ症状が出ています」

そのあとも村長さんは話を続けてくれました。

どうやら以前にも同じようなことが村の中で起こり、その時は薬のお陰でなんとかなったが今はその薬も底を尽いている。近くの街――この辺で一番大きな街はカルティエラですね――で薬を買おうにも運悪く在庫がないようで。

この村には『薬師』という『職業』を持つ人もいるようなのですが、薬に必要な材料が足りないみたいで作ることができないとか。

そんな時に私が現れた。

道中の出来事も村長さんの耳に入っている様子。

私ならその病気をなんとかすることはできるでしょう。薬の材料というのも少し心当たりがありますので、そちらもどうにかできると思います。

ふと、村長さんの隣に立つ男性に視線を移しました。すると男性は申し訳なさそうに私に謝罪してきました。

「騙すような形になって申し訳ないです。あなたを村に案内した本当の理由は、苦しんでいる村の人間を治してもらいたかったからです。……高熱で倒れている村人の中には俺の恋人もいます。自分の無力さに悔しさを覚えますが、今はあなたに頼る他ないのです」

「私からもお願いします。謝礼ならいくらでも出します。どうか村の者を救っていただきたいのです……」

別に責めているわけではないんですけどね。話を聞いている途中でなんとなく察しがついていましたし。村の中に病人がいるのに、わざわざ客人を招待する余裕などないはずです。相手にうつそうにもそれをやったところで意味はないです。

ゴブリンを追い払って3人組を治療した時に、怪我だけでなく持病も治ったことで確信したのでしょう。

ええ、もちろんやりますよ。

これも何かの縁です。こういう人との繋がりも大切にしなければなりません。それにここで「嫌です」なんて言えませんよ。第一そんな人間にはなりたくありません。

「謝礼は不要です。それよりも病人のもとへ案内してください」

「それはつまり……」

「私が治療します」

「おおっ……！　本当に、本当にありがとうございます……！」

では、ここからは人助けの時間です。


まず案内されたのは、村長さんの息子さんの家です。

これは贔屓(ひいき)などではなく一番症状が重たいのが孫娘さんだからです。大人だからと軽視するつもりはありませんが、やはり子供の方がつらいですよね。

村長さんが扉をノックすると中から男性が出てきました。この人が村長さんの息子さんなのでしょう。

「父さん、どうしたの……って隣にいる人は？」

村長さんは事情を説明しました。

説明を終えたあとの息子さんの反応でしたが、急に来た私を信用できないのか不審な目で見られましたね。いきなり現れて病を治すと言われたら不審に思いますよね。

でも他に方法はないと思ったのか、私を家に上げてくれました。

そのまま娘さんがいる部屋に案内されます。

ベッドには汗をたくさん掻きながらつらそうに寝ている女の子がいました。その横にはお母さんでしょうか、しっかりと手を繋いで安心させようとしています。

そして村長さんがまた事情を説明。その間に、私は女の子の容態を見ます。

こういう時は『鑑定』が一番です。『鑑定』で診てみましたが、発熱はもちろんのこと、衰弱していた原因も分かりました。それは『弱体化』の状態異常が付与されていたからです。これのせいで免疫力も低下して症状が悪化したのでしょう。

原因が分かったところで治療を開始します。といっても、いつも通り『治癒魔術』を使うだけなんですけどね。

状態異常だろうがなんだろうが、私の『治療魔術』ならたいていのものは治せます。逆に治せないものを知りたいぐらいです。

私はさっと『治療魔術』をかけます。すると——

「あれ？　全然苦しくない」

先ほどのつらそうな表情が嘘のように消えました。これにて治療終了です。

娘さんの元気になった姿に村長さんや息子さん夫婦は目を限界まで見開くほど驚きを露にしていましたが、すぐに涙を流して安心していました。でも、これで終わりではありません。まだ他にも高熱で苦しんでいる村人がいるので治療しに行きます。

その後、病人がいる家を訪れては治療をしてを繰り返し、あっという間に高熱で苦しんでいた村人は元気になりました。


そして、その日の夜。

「聖女様。この度は私たちの願いを聞いてくださり、本当にありがとうございます。聖女様のお陰で病に苦しんでいた村人も元気になりました。大したおもてなしはできませんが、せめてものお礼をさせていただきたい」

と、何やら宴のようなものが始まったのです。

私は村の中央に用意された椅子に座らされ、目の前のテーブルにはたくさんの料理が並んでいます。隣にいるタルトは今にも手を伸ばしそうですが、一応礼儀として「まだ駄目ですよ」と忠告しています。

それとこれは別件になりますが、なぜか村長さんには聖女様と呼ばれていますね。

私の職業──『聖魔女』には『聖女』も含まれていますので一概に村長さんの言っていることは間違ってはいないのですが、こうも正面から聖女様と呼ばれるのは違和感──というより気恥ずかしい感じがします……。

「さぁ、冷めないうちにどうぞ召し上がってください」

テーブルに並んでいる料理はものすごく美味しそうです。3年も温かい手料理を食べていないので尚更美味しそうに見えます。いや、これはもう匂いの時点で美味しいです。気を付けてないとお腹の音が鳴りそう。

「あ、ありがたくいただきますが……こんなに振る舞ってもらってよろしいのでしょうか？」

「何を仰いますか!! 聖女様には魔物の被害にあった者、謎の病に苦しむ者、そして私の娘まで救っていただきました。さらには薬の材料まで無償でお譲りいただいて」

私が治した病に効く薬。それに必要な材料は、ここより少し離れた森の奥深くにあるとか。

その森というのは、私が先ほど通ってきた森です。

そう、私が森を抜ける前に寄り道して摘んでいた薬草が薬の材料になるみたいなのです。村人が摘みに行こうにも、魔物が出るため簡単には行けません。もともと売ってお金にするつもりでしたが、偶然摘んでいた薬草が薬の材料として必要なのであれば、全て譲ることにしたのです。

「聖女様には頭が上がりません。あなた様のような御方と出会えた奇跡に感謝を」

そう言う村長さんですが、聞いている私が恥ずかしくなりそうです……。

「それにしても聖女様の使い魔様はさぞお腹を空かせていたのでしょう。その姿を見ると、こちらとしても振る舞い甲斐があります」

横を向くとタルトは料理を口いっぱいに頬張っていました。どうやら我慢できなかったようですね。村長さんの言葉で許可が出たと思ったみたいです。

あああもうっ、口にソースをたくさん付けて……。テーブルも汚しているではないですか。

あとで躾をしないといけませんね。でも美味しそうに料理を食べているタルトに対して、私は強く言えないと思います……。

「その、いろいろとスミマセン……」

「気にしなくて結構ですよ。聖女様もぜひ料理をお食べください」

それからは宴を楽しみました。

用意してくれた料理だったり、村人たちが芸を見せてくれたりと、久し振りに充実した時間を過ごしている気がします。3年も地下の世界で暮らしていたのです。これから先はこんな風な楽しい日々を過ごせたらいいと思っています。

そして、楽しい宴も終わりが近づき、時刻は真夜中を過ぎた頃。

子供たちはもう遅いから自分の家に戻り眠っているでしょう。大人たち――主に男性が――もお酒を飲んで酔い潰れたのか、外で寝ている人たちもちらほらと。奥さんでしょうか、怒られながらも家に連れていかれていますね。

ちなみに私はお酒を飲んでいないです。

お酒とは無縁の生活でしたので飲んでみたいとは思いましたが、ちょっと飲むのが怖いと言いますか……。今回は遠慮しましたが、お酒を飲む機会はこれからもあるでしょう。その時に挑戦することにします。

「ははは……。お見苦しいところを見せてしまいましたな」

「先ほどまでは病のせいで深刻な雰囲気になっていましたからね。それよりも、こうやって騒いで楽しくしている方が私は好きですよ」

「確かに最近の村人は元気がなかったので久々に楽しむことができてよかったでしょう。それはそうと聖女様、今日はもう旅を続けるのも危険です。灯りのない道を進むのは得策ではないでしょう。最初にご案内した家屋をお使いください。翌朝までそちらでお休みいただいて構いませんので」

料理も振舞ってくれて、挙句の果てには寝る場所まで用意してくれている。至れり尽くせりとはこのことですね。

確かに魔物は襲ってこないとしても、夜道を進むのは危険です。魔術で光源を作って進むことも可能ですが、カルティエラに着いても夜遅いため中に入ることはできない。ここはお言葉に甘えましょうか。

私たちは最初に案内された家に戻り、先ほどまでの余韻に浸りながら大きなベッドに飛び乗りました。

私はそこまで重くはありませんが、全体重をかけて体を預けても大丈夫といっているような安心感。オルフェノク地下大迷宮で使っていたベッドは飛び乗ったら絶対に壊れていました。そして陽の光を目いっぱい浴びたであろうフカフカな布団は、同じくオルフェノク地下大迷宮で使っていたペラペラの布切れとは段違いです。

温かい料理然り。フカフカな布団然り。何度でも私は言いますけど、幸せなことは失って初めて気付くものなのですよ。あらためて、これからはもっと当たり前で幸せなことを大事にしないといけないと思いました。

さて、もう私には限界が来ています。あまり夜更かしをする人間ではないので真夜中を過ぎると眠気がそれはもうすごいです。タルトに至っては、ここに来る道中は半分寝ていましたからね。タルトもそんなに夜更かしできるタイプではないのでしょう。

タルトは既にベッドに乗って眠そうにしていますが、私は魔術を使って今日の汚れを落とします。１日ぐらい平気だと思うかもしれませんが、これでも一応女の子ですので、その辺は気にしますよ。オルフェノク地下大迷宮でもこうやって体を清潔に保っていました。やはり魔術は便利でいいものです。

タルトも女の子ですが……もう寝ていますね。寝ているところを起こすのは可哀想なので明日体を拭いてあげることにします。

体を綺麗にして寝る準備を済ませてから布団に入ろうとした時、ふと窓から外を見ました。

宴も終わり静まり返った村。少し前まではあんなに騒がしかったのに、今では静寂の時が流れています。そして今宵は満月。部屋に差し込む淡い光が綺麗ですね。もう少しだけ月を見てこの時間を過ごしたいなと思いますが、眠気には勝てません。明日――といっても日付が変わっているので今日ですね――に備えてもう寝ます。

私が目覚めたのは午前3時を過ぎた頃でした。

寝入ってそれほど時間が経っていませんが、これには理由があります。

何やら外が騒がしかったのです。

まさか村人たちが宴の続きを始め――って、そんなわけないですよね。

だって窓から外を見ると、黒い煙と赤い炎が見えたのですから。

そう、村の中で火事が起こっています。

いやいや、冷静に外を見ている場合ではありません!!

基本的に民家は木造建築なので、火の粉が飛んで燃え移ったら大惨事どころでは済まないです。最悪の事態にならないためにも、まずは消火をしなければ。

「タルト、起きてください!!」

「キュウ～……」

緊急事態なので、タルトを無理やり起こします。

そして私が急いで玄関を出て燃え盛る民家に向かおうとした時、玄関の扉を開けると一人の村人とばったり会いました。

「聖女様！　よかった……」

「何があったんですか!?」

「それが、突然この村に盗賊たちがやってきたのです。おそらく村のみんなが寝静まった時に襲撃しようと考えていたのでしょう。そして盗賊たちは村の家屋の一つに火をつけて……。今は村の人間が戦っていますが、そう長くはもたないでしょう……。女、子供、戦えぬ者は全員避難させました。聖女様もお逃げください。いずれここにも盗賊がやってきます」

心配してくれるのはありがたいですが、逃げるという選択肢は私の中にありません。

全ての元凶は襲撃した盗賊ですね。ならば、その盗賊をどうにかしなければ。しかしその前に消火活動です。私が話を聞いたせいで炎は徐々に広がってしまっています。

これ以上広がってしまうのは避けたいので、一気に消火しましょう。

イメージは雨を降らせる感じです。やったことはありませんが私ならできるはず。

水の球体を作って燃える家屋にかけるのも考えましたが、私の場合は威力が強過ぎて家屋もろとも潰してしまう可能性があります。もう燃えてしまって手遅れかもしれませんけど、ここは慎重に調整します。

しかし、威力の調整というのは正直苦手ですね。

今となってはオルフェノク地下大迷宮の最下層付近に住む魔物相手に余裕を持った戦いをできますが、それでも威力はかなりのものです。そんな環境で生活してきた私が威力を抑えて魔術を使うなどあまりやってこなかったのです。

これからは必要な技術になるでしょう。対人戦とかですね。私と同等、もしくはそれ以上のレベルを持つ方であればまだしも、それ以下のレベルであれば加減なしでは人に向かって使えませんよ。たぶん私の魔術を食らった人は消し飛びます。

しかし、この状況で果たしてできるのでしょうか。そもそも、どの程度まで威力を抑えれば被害が出ないのか。

いや、今考えても仕方ありませんね。一発勝負です。

できるだけ広範囲で尚且つ迅速に炎が消えるように……。さらには村に被害が出ない最小限の威力で……。

「【慈愛の麗雨】」

村の上空に魔法陣が出現し、そこから雨が降り注ぎます。普通の雨なら炎を消すのに時間がかかると思います。しかし私が魔術で生み出した雨は、その炎を一気に消火させていきます。

その場で術式を構築したわけですが、無事に成功しました。

即興で構築した術式を用いて魔術を使うと失敗することがありますが、今回はそこまで複雑なものでもなかったのでよかったです。

ちなみに正体不明の生物に使った『崩壊魔術』――【技能崩壊】も即興で構築した魔術です。おそらくあの時は手加減無用だったので、【慈愛の麗雨】のように威力の調整など繊細な術式構築をしなくてもよかったから成功したのでしょう。

しかし、最小限に威力を抑えるのは集中力を使いますね……。慣れるのに時間がかかりそうですが、ここは地道に頑張っていきましょう。

「こ、この雨は聖女様が？」

「まあ、そんなところです」

「流石は聖女様だ!! 村人の治療のみならず天候までも操るとは……！」

天候を操ったわけではなく、魔術で水を雨のように降らしただけなんですけどね……。それよりも、感動しているところ悪いですが私は先を急がねばなりません。

「私は現場に向かいます。あなたも盗賊に見つからないように逃げてください。村の人たちは私が助けます」

見えるところは消火したのを確認したので、私は現場に向かいます。

走りながら村を見てみましたが、他に被害が出ている場所もあるものの、ちゃんと消火されていますね。ですが、念のため再び火を放たれても消火できるように雨は降らしておきます。

戦っている村の人たちには、雨で濡らしてしまい悪いことをしたなと思いますが、これ以上家屋を燃やされるよりはマシでしょう。

「チッ！　急に雨が降ってきたな。放った火も一気に消えちまった」

「お頭（かしら）、変ですぜ。村の外は雨が降っていません。雨が降ってるのはこの村だけみたいです」

「なんだと？　……まあそれならそれでいい。あとで使えるからなぁ」

現場に近づくと、一人の大柄な男性が声高らかに笑っていました。

見た感じ、あれが盗賊団のリーダーですね。その人以外にも仲間が9人――全部で10人の盗賊団です。

「うおおおおおッ！」

笑って油断しているところを突いたのか、村人の一人が剣を持って盗賊団のリーダーに突撃します。そのままリーダーに向かって剣を振り下ろしますが、2メートルほどある大剣で軽々と防ぎました。

「クソッ……！」

「ハッハッハ！　威勢よくかかってきた割には大したことねぇ雑魚じゃねぇか!!　雑魚は雑魚らしく言うこと聞いて食料と女を持ってこい！　そうすれば生かしてやってもいいぞ。最終的には俺たちの遊び道具になるけどな。手を縛って逃げ惑うお前たちを狩る遊びは楽しくて仕方ねぇ!!」

その男性は大剣を振り回し、村人を薙ぎ払います。吹き飛ばされた村人は受け身を取ることができずに、体を強く打って咳き込んでいます。

はっきり言いましょう。私はこの盗賊団が嫌いです。今の発言も気に入らない。愉悦に浸りたいが故に、非人道的行為をするなど許せません。

あの人たちは正当な裁きを受けるべきです。

そのためにも、まずは盗賊団を拘束します。

「せ、聖女様!?　どうしてここに!?　ここから逃げるようにと村の者が伝えに行ったはずですが……」

「確かに私のところに来ましたが、断りました。それよりも村長さんこそなぜここに？」

正直、村長さんが盗賊相手に戦えるとは思えません。女性や子供、戦えない人たちは避難していると聞いていましたが……。

「私は村の長です。村の者を残して逃げるわけにはいきません」

「そうですか。私はあの盗賊団にこの村が好き勝手されるのを黙って見ていることはできません。それに1日だけですが世話になったのです。その恩を返さず何もしないまま逃げるなんてできませんよ」

「恩を返すのは私たちの方です!! 聖女様には十分助けてもらいました。だからせめてこの恩を返すためにも時間を稼ぎます。早くこの場から逃げてください！」

村長さんの言い分も分かります。しかしそれは無理ですね。逃げてしまえば、私がここへ来た意味がなくなります。

私は村長さんの忠告を無視して、先ほど盗賊団のリーダーに吹き飛ばされた男性の治療を行います。怪我こそしていますが致命傷ではない。まあ、致命傷を受けたとしても、その場で死なない限りは治せます。

「村長さんたちはここから避難を。あとは私に任せてください」

「しかし……！」

「村長、行きましょう……。我々にはあの盗賊に勝てる術がありません。しかし聖女様は違います。それに聖女様には使い魔様もついています。聖女様と使い魔様がいれば、あの盗賊どもなど一瞬で倒せます」

「そういうことです。早く避難してください」

「……何度も何度もあなた様を頼ってしまい申し訳ございません……」

そう言って村長さんと盗賊と戦っていた村人さんたちは、後方へ避難します。

本当に気にしなくていいのに。

さて、これでこの場には私とタルト、盗賊団10名だけになりましたね。

盗賊団は私に勝てると思っているのか、余裕の表情を浮かべています。女だからと舐められているんですかね。

「なんだお前？　急に現れて『任せろ』なんて言っていたが、お前みたいな女一人で俺たちを止められるとでも思っているのか？」

「ええ、止められますよ。それに一人ではありませんし」

「確かになぁ。お前の横にいるドラゴン。ドラゴンは脅威だが、そいつは所詮(しょせん)子供だ。だが……子供のドラゴンというのも悪くない。売ればかなりの値段になるだろうな。よし、決めた。お前とそのドラゴンは捕まえて売り飛ばす。売り飛ばされる前に最後の別れでもしたらどうだ？」

私とタルトを捕まえて、そのうえ売り飛ばす、ですか。

これは少し厳しめにやっても問題ないですよね。

「それならあなたたちこそ、私に拘束されて街へ連行されるのですから、裁きを受ける前に仲間との別れを済ませたらどうですか？」

「俺たちがお前みたいな奴にやられるとでも？」

「先ほどからそう言っているんですよ。理解できないんですか？　盗賊団は言葉を理解できる頭がないと？」

「……調子に乗るなよ、女風情が。こっちは10人。この人数で一気に行けばお前なんか簡単に潰せるぞ」

「そうですか。では対等にしましょう」

私はそう言って杖で1回トンッ、と地面を叩きます。

その行動にリーダーらしき男性は首を傾げますが、仲間の一人が叫びます。

「お、お頭ッ‼」

リーダーは声の主の方を見ます。その光景を見た途端、大きく目を見開いて驚いていました。

そこにあったのは、氷塊の中にいる仲間の姿。

言わなくても分かると思いますが、私がやりました。

全員で私に襲いかかってきても問題ありません。全員揃って返り討ちにしてあげます。

しかし、その約束を守るとは限りません。数名がこの場から去り村の人たちを探して襲ったら困るので、その前に私が『麻痺魔術』――【麻痺拘束(パラライズ)】という魔術で痺れさせたのです。念のため、『氷獄魔術』に【氷魔牢獄(コキュートスプリズン)】という魔術がありますので、小声で詠唱して発動させました。聞こえない程度の大きさで詠唱したので、盗賊団のリーダーは私が杖を突いた瞬間に仲間が凍ったと思うでしょう。

当然ですが殺してはいません。あの氷塊の中にいても生きています。身動きできないように封じ込めただけですので。でも、長い時間封じ込めていたら流石に凍え死んでしまう恐れがありますね。早めにこの一件は解決しましょう。

「な、なんだ、これは⁉　一体どうなってやがる⁉」

「私が魔術を使って数を対等にしただけです。これで2対2。そして――」

もう一度杖を突くと最後の仲間も氷塊に包まれました。

「これで2対1です。数だけで見れば形勢が逆転しました」

「く、クソッ……！」

「聖女様はまさか『魔道士』の魔術も使えるのですか？　しかし、『聖女』の職業を持つ御方が『黒魔道士』――いやあのレベルになると『魔女』にも匹敵する魔術を使えるなどあり得るはずが……」

村長さんの声が聞こえたので振り返ってみると、少し離れたところにいました。

避難してなかったんですね。危ないので離れて……いや、もうすぐ終わるのでその場にいても問題ないですね。

しかし『聖女』および『白魔道士』は、『治癒魔術』以外に使える魔術といえば『光魔術』と『聖光魔術』。それ以外の攻撃魔術は使えない。でも私は本来であれば使えない『氷獄魔術』を使った。隠し通すのも無理がありますか。実際は隠しているわけではないんですけど。

どうせこれから冒険者活動をするのですからそのうち公の場で『聖魔女』という『職業』が知られると思うので、村長さんにもあとで教えておきましょうか。

私は再び盗賊団の男性に目を向けます。すると鬼気迫る表情で、こちらに向かってきていました。

「仲間を元に戻しやがれッ!!」

そう叫び大剣を構えて接近してきますが、残念なことにその刃は私に届きません。

「なん、だ……。剣が当たらねぇ……」

私には『魔力障壁』があります。その程度の攻撃では傷一つつけることはできませんよ。

「ば、化け物が……」

「ちょっと、女性に対して化け物なんて失礼ですよ。分かりましたか？　もうあなたに勝ち目はありません。諦めて大人しく捕まってください」

「チッ……」

舌打ちすると盗賊団のリーダーは踵を返し、仲間のことなど気にせず一目散に逃げていきました。逃げたところで意味はないですけどね。しかも仲間を見捨てるなど、リーダーとして相応しくありません。

「聖女様！　盗賊団のリーダーが逃げてしまいます！」

「心配しなくても大丈夫です。タルト」

私がそう言うとタルトは盗賊団のリーダーに一直線に飛んでいき、追い越すと進路を塞ぐようにして止まりました。

「邪魔するな、チ、ビ、ド、ラ、ゴ、ン！」

盗賊団のリーダーは感情に任せて全身全霊の一撃をタルトに振るいます。

しかし、私同様にタルトにもそんな攻撃は通用しません。盗賊団のリーダーが放った一撃は、タルトの障壁によって簡単に弾かれます。

タルトはほとんど私と変わらないステータス。さらにはスキルも受け継いでいます。賢い子でもあるので、如何なる相手でも油断せずに万全な状態です。

「こ、こいつもかよ……」

敵わない相手に絶望する盗賊団のリーダー。

悪党相手に同情するつもりはなかったのですが、なんだか少し可哀相にもなってきましたね。恨むなら自分の運を恨んでください。

そしてタルトですが……盗賊団のリーダーを姿だけで威圧できるほどの大きさに変化していました。たぶんですが、深夜に起こされた原因が盗賊団であることを理解し、さらにはチビドラゴンと言われたことがタルトの怒りを買ったのでしょう。

「あ、あっ……」

もう盗賊団のリーダーは戦意を喪失していますね。しかし、タルトはそんな盗賊団のリーダーへ畳みかけるように至近距離で咆哮を浴びせます。

容赦がない……。それほどまでにチビドラゴンと言われて馬鹿にされたのが嫌だったのでしょう。ですが、あれでも耐えている方ですね。本当に怒っていたらこの程度では済まないと思うので。

盗賊団のリーダーは失神して膝から崩れてしまいました。一応後方にいた村長さんや村人さんたちを見てみましたが、驚いているだけで失神まではしていません。

ふぅ、これにて一件落着ですね。

日の出まではあと少しですが寝ましょう。出発は多少遅れても問題ありませんからね。さあ、もう一度ベッドへ……。

と、いきたいところがそうはいかないのが現実ですよね。この盗賊団をそのまま放置するわけにもいきません。

盗賊団のリーダーが失神している隙に他に刃物などを持っていないか確認し、村人が持ってきてくれた縄でグルグル巻きにして拘束。その他の取り巻きも氷塊から解放して同様に拘束しましたが、リーダーがやられて観念したのか大人しくしていて助かりました。

取りあえず今はこれでいいでしょう。

翌日。厳密に言うと、盗賊団が村へ襲撃してきてから5時間しか経過していません。

明るくなってあらためて村の中を見て回りましたが、数軒が黒く燃えてしまっていました。これは壊して建て直さなければいけないレベルですね。現在は男性を主軸として解体作業を行っています。

しかし、建て直すとなるとどれだけ時間がかかるのか。

壊すのは簡単。されど作るのは困難。なんだってそうですよね。

私もこの村に関わった身です。何かできることがあればいいのですが……私に建築の技術はありません。下手に私が手伝うよりも、専門家に任せた方がいいでしょう。

そして私たちが村を出発する時が来ました。

村の入り口には私を見送ろうと、ほとんどの村人が集結しています。

「感謝してもしきれないですが、あらためて、この度は私たちの村の窮地を何度も救っていただき本当にありがとうございました」

「「「ありがとうございました!!」」」

村長さんの言葉に続くように、村人からも感謝の言葉を送られます。

こんなに多くの人から一斉に感謝されたことなどないので、どう反応すれば分かりませんね。なんか照れて顔が赤くなりそうなので黒白の仮面で顔を隠したいです。

そんなことを考えていると村の子供たちが私の前に来ました。そして村長さんの孫娘さんが宝石のように綺麗に輝く石をくれました。

「あのね、これ私の宝物なの。でもお姉ちゃんにあげる」

「そんな大切なものもらっていいんですか？」

「うん。お姉ちゃんには病気を助けてもらったし、村も守ってくれたから。だから、そのお礼！」

そう言うと、他の子供たちからもいろいろとプレゼントを渡されました。

「本当にいいんですか、こんなにもらってしまって」

「受け取ってください。子供たちもそうしてくれた方が喜びます」

そんなこと言われてしまったら、受け取るしかないですね。

「分かりました。みんなからもらったプレゼント、大切にしますね」

「聖女様——いえ、リリィ様。あなた様がいなければ今頃この村は盗賊の襲撃により甚大な被害が出ていました」

「いえいえ、気にしないでください。それより焼け焦げてしまった家の方は大丈夫ですか？」

「住む場所を失った者もいますので大丈夫とは言えませんが、幸いにも火事に巻き込まれた者はいないとのことです。村の者が無事であればいいのです。家屋の1つや2つ、また一から建てればいいことです。リリィ様は何も気にしなくて大丈夫ですよ」

気にしなくていい、ですか……。

私であれば盗賊団の襲撃に気付けたのではないでしょうか？　いや、私であれば盗賊の気配など感知できたでしょう。盗賊団に気付いて即座に行動に移っていれば、未然に防ぐことも可能だったはずです。

しかし、過ぎ去ってしまったことをいくら後悔しても変わらない。次同じことが起こらないように注意すればいいのです。

「ところで、本当にカルティエラまで馬車で送らなくて大丈夫なのですか？」

村長さんとは盗賊団をどうするべきか相談していました。

相談の結果、最終的には周辺で一番大きな街であるカルティエラの衛兵に渡すべきということになりました。確かにそれが一番妥当な選択でしょう。

そして私自身もカルティエラに用事がある。

冒険者ギルドに行ってライセンスの再発行をしてもらい、冒険者活動をする。冒険者ライセンスは身分証明にもなるので優先したいです。

カルティエラに行って冒険者ライセンスを再発行したい私と、盗賊団の身柄を渡すためにカルティエラに向かう村人たち。

行き先は同じなのです。そのついでに私もカルティエラまで乗せてもらおうとも考えたのですが、どうやら今カルティエラには勇者一行——アドルたちが滞在しているとか。おそらくオルフェノク地下大迷宮に一番近い街だから、昔のように拠点として使っているのでしょう。

それで、私はカルティエラに向かうのをやめました。

理由は、アドルたちに会うのが時期尚早だからです。あとは今偶然にも出会ってしまったら、面倒なことになりそうだから。

今のアドルたちは、はっきり言って弱いです。この間の一件で少なからず自分たちの無力さを痛感し、強くならなければいけないと思い知らされたでしょう。そのためにレベルを上げたり実戦経験を積むには、オルフェノク地下大迷宮はちょうどよい場所でもあります。

その妨げをしない私なりの優しさです。

それに、私が真実を明かさずとも、彼らにはとてつもない困難が待ち受けています。裏世界の人間に命を狙われているのですから。

何度も言いますが、アドルに死なれるとこの世界の危機に繋がりますので、今はただ強くなることに専念してもらいます。私の正体を明かすのは、全てが終わってからでもいいかなとも思いました。

と、アドルたちのことはここまでにして――

村からカルティエラに向かう馬車は全部で2台。2台とも10人程度が2列に並んで座れる大きさのものです。

これには、氷塊から解放して今はグルグル巻きに縛られている盗賊団が5名ずつ乗っています。今は逃げ出さないようにタルトに見張りをさせていますよ。特に盗賊団のリーダーはタルトに怯えていることでしょう。

そして私たちが同行せずとも、あれだけグルグル巻きにされては身動きを取るのも困難。持ち物検査も行いましたし、あとで魔術を使って弱体化させるか麻痺状態にさせて動けなくしてしまうので問題ありません。さらには盗賊団の襲撃を聞きつけて今朝方カルティエラから駆け付けた村出身の冒険者が同行するようなので、心配は無用かと。

盗賊団についてはこんな感じです。

あと、当初の予定では盗賊団を1台の馬車に纏めて、もう1台の馬車にはオルフェノク地下大迷宮で狩った魔物の素材を載せようと思っていました。

馬車いっぱいに乗せても魔物の素材はまだまだあります。村復興への資金にしてもらおうと考えましたが、村に住む人間がオルフェノク地下大迷宮の魔物の素材を持って売りにくるのは不自然なことに気付きました。

魔物の強さを調べれば村の人が到底倒せる相手ではないと判断されるでしょうし、それが原因でどこかの冒険者から盗んだなどと疑われる可能性が出ると考えたのです。私がカルティエラに行かない以上、証明できる人間がいませんからね。

証明するためだけにカルティエラに行ってもよかったのですが、村長からは「これ以上リリィ様の旅の邪魔をするわけにはいきません。お気持ちだけでもありがたい限りです」と言われてしまいました。そういうことなら仕方ないと納得するしかありません。

さて、カルティエラに向かうのもやめましたし、そうなると次の目的地も変更しないといけないですよね。

うーん、次の目的地……ですか。

考えてみましたが、特に行ってみたい場所がありません。

でも、できるなら冒険者ギルドがある街がいいですね。なるべく早めに冒険者ライセンスを手に入れておきたいことに変わりませんし。

あとは美味しいものがたくさんあるところがいいです。美味しいものを食べて冒険者活動を頑張る。欲を言えば、そこでしか食べられないものがあるといいですね、やはり食というのは、生きていく上で必要不可欠ですから。

「実はまだ決まってなくて。カルティエラにはわけあって向かうのをやめにしましたし……村長さんはどこかおすすめの場所とか知っていますか？」

「おすすめの場所ですか、そうですねぇ……。リリィ様ほどのお力があればあの場所がいいかもしれません」

「あの場所？」

「ええ。ここより南西にある港町――〝セルビス〟という街があります。港町だけあっていろいろな場所から珍しい食材などが届くので、美味しいものがたくさんありますね」

なるほど。それはいいことを聞きました。

次の目的地は決まりましたね。私たちが目指す次の目的地はセルビスという街です。どうやらその場所にも冒険者ギルドがあるようなので、冒険者ライセンスの再発行も可能みたいです。

しかし、セルビスという街を楽しみにしている私でしたが、村長さんの話にはまだ続きがあったようで——

「セルビスから出る船に乗って海を渡ると〝アルファモンス〟という街に着きます。その街は別名『ダンジョン街』。アルファモンスには5つのダンジョンが存在し、中でも『神々の塔』と呼ばれるダンジョンはいまだ誰一人として攻略できていないと聞きます。旅の行く先が決まっていなければ行ってみては如何でしょうか」

またまた興味深い話が。村長さんがおすすめしたいのは、こちらの街なのでしょう。

街に5つのダンジョンが存在するのも気になりますが、それ以上に、いまだ誰一人として攻略できていないダンジョンですか……。面白そうな話ですごく興味があります。試しに行ってみるのもいいですね。

「教えていただき、ありがとうございます。興味深い話だったので行ってみますね」

「おお！　ではリリィ様が『神々の塔』を攻略できることを心より願っております」

「はい、私も頑張ってみますね」

そして別れの時間がやってきました。

たった1日過ごしただけですが、この村の人たちはとても優しく暖かい方ばかりでした。

「それでは皆さん、またいつかお会いしましょう」

私は村の方々に別れを告げて、まずはセルビスという街に向かいます。

セルビスには美味しいものがたくさん待っている。オルフェノク地下大迷宮の魔物の素材を売って資金を調達したあとに、お腹いっぱい食べましょう。

そしてセルビスから出る船に乗ってアルファモンスへ。5つもダンジョンがあるなんて攻略し甲斐がありそうです。3年間、オルフェノク地下大迷宮で過ごした私はどれだけ攻略できるのか。非常に楽しみですね。

「訪れたことがない場所。ワクワクしますね」

「キュイ！」

「タルトも楽しみですか？」

「キュイキュイ！」

ではセルビスに向かって出発……っと、その前に。

危うく大事なことを忘れるところでした。

私はぐるぐる巻きにされた盗賊団が乗っている馬車に顔を出します。そして『暗黒魔術』で弱体化させたあとに『麻痺魔術』を使って、カルティエラまで痺れて動けないようにしておきます。

「念のためですが、あなた方に弱体化と麻痺の魔術をかけました。持続時間は1日ありますからね。逃げることは不可能だと思いますが、変な行動を起こしてもやられるのが目に見えていますからね。カルティエラに着いたら罰を受けてください」

盗賊団の過去は知りませんが、多くの罪を犯してきたのでしょう。それが明らかになれば、最悪死罪ということもあり得ます。しかしそうなっても全て自業自得です。救いの手を差し伸べる人はいないでしょう。

彼らがどんな罰を下されるのか。現場に居合わせるわけではありませんので、盗賊団の運命がどうなったのか私が知ることはないでしょう。

なんだか重い空気になった気がします。こんな気分では旅も楽しむことはできませんね。気持ちを切り替えましょう。

ここから私の――『聖魔女』リリィ・オーランドの冒険が始まります。

新たな出会いや私が知らないこと。他にもいっぱいあります。その全てに心を躍らせて私は一歩踏み出します。

それではあらためまして、次の目的地であるセルビスに向けて出発!!

# エピローグ

それは常識の範疇を超えた組み手だった。

組み手を行っているのは２人の女性。

一人は戦いには不向きであろう白いゴシックロリータ調のドレスを纏う女性。外見は子供と言っても納得してしまうほど幼い。だが、実際は見た目以上に年齢が上である。

灰色の髪を靡(なび)かせながら赤い瞳は狙いを定めて、相手の顔へと拳を向かわせる。最早(もはや)組み手ではない本気の戦いと呼んでもいいレベルだ。

その一撃をものともせず、いとも簡単に弾いて即座にカウンターを入れようとするのが、この場にいるもう一人――紅蓮色の長髪に白のメッシュが入った髪の女性。

比較的露出度の高い服を身に纏い、妖艶な雰囲気を出しながらも目の前にいる友との組み手に心を躍らせている。彼女からすれば、今がまさに至福の時。

目にも止まらぬ速さで、攻防が入れ替わり立ち替わる。

白ドレスの女性が拳を放ち、そのまま上段蹴りへ繋ぐ。だがその動作を予測していたか如く、紅蓮色の髪の女性は左足を一歩後ろへ下げ拳を回避。自身の顔面へ放たれた蹴りも片手で止めてみせた。

「相変わらず簡単に止めるのぅ……。結構本気で撃ち込んだつもりじゃったが」

「まあこれでも8人の中で最強の『魔王』だからね。ていうか、エルトリア、また強くなった？　実を言うと受け止めた手が痺れてるんだよね。これは受け止め切れずに腕が吹き飛ばされる日が近いかも」

「妾も研究ばかりの日々を過ごしているわけではない。体が鈍らぬよう鍛錬は怠っていないからな。だが、それでもお主にはまだまだ敵わん。今の組み手だって一度も本気を出していないじゃろ？　お主の腕を吹き飛ばすなど、あと何年かかることやら」

そう言われ、はっきりと肯定する紅蓮色の髪の女性。だが彼女は白ドレスの女性――エルトリアに「あなただって本気出していないでしょ？」と問うた。それに頷くエルトリア。

あのような異次元の組み手を行っていたというのにあれでもまだ手を抜いていたというのだから、驚愕するしかない。もし仮に本気で行っていたら、どうなっていたのか。おそらくどちらかが致命的なダメージを負うことになるだろう。それは本人たちも望んでいない。

この流れで決着をつけようとも思ったが、これは真剣勝負ではなく単なる運動のため、勝ち負けなどは関係なかった。

十分に体を動かし、満足した2人は組み手を止めた。

「軽く動いてスッキリしたところだし、こんな殺風景な場所にいるのも退屈だから場所を変えましょうか」

彼女たちが組み手を行っていたのは、何もない荒れ果てた大地。

組み手の余波で周囲に被害が及ばないように選んだ場所だが、それでも地形はところどころ変わっている。こればかりは仕方ないだろう。あの組み手を見て被害一つ出ずに終わるとは思えない。


紅蓮色の髪の女性が指をパチンと鳴らすと、一瞬にして一際豪華な部屋へと移動した。

これは魔術の一種だろう。だが、エルトリアは驚くことなく平然としている。そしてエルトリアは部屋にある椅子には座らず窓の外を見た。

広がっているのは大国とも呼べる街並み。事実、ここは紅蓮色の髪の女性が統治する国である。そして彼女たちのいる場所は、国の中央に存在する巨大な城。そこから見える景色は絶景そのものだった。

「何度見ても綺麗な街じゃな。ここまでの国を造るには相当な時間がかかったじゃろうに」

「それは違うわ。最初こそ私は一人で争いのない平和な国を造ろうと頑張っていたけど、今のこの国があるのは私だけの力じゃない。彼ら国民がいるからこそ存在しているのよ。国民のお

陰でここまでの国ができた」

「お主がなんと言おうと、事の始まりはお主からじゃ。お主が国を造ろうと思ったから民はそれについていきた。あらゆる種族が共存する国。他種族であろうと差別せず見下さない国など、世界中を探しても少ないじゃろうな」

「それこそが私の思い描く理想の国だったからね。その理想を現実にできて私は満足よ。でもあわよくば全世界が私の国みたいになればいいなって思っているわ。種族が違うなんて理由で差別して、見下して、それに何か意味はある？　そんなことしたって心に憎悪が芽生えるだけ。その憎悪が原因でこの世界から消えてしまった種族もある。もしこのままだと同じことが――いや、今でも繰り返されているでしょうね。だから、今は力不足で難しいけど、いずれは私の国みたいに世界を平和にしてみせるわ」

理想を語る紅蓮色の髪の女性の瞳が、絶対に実現させると物語っていた。そんな姿を見て呆れながらも微笑むエルトリア。

「まったく、お主は欲が深いのう。自分の国だけではなく全てときたか」

「ええ。だって私は『強欲』の魔王よ。『色欲』の魔王であるエルトリアと違って、私は他の人より欲が深いの。当然でしょ？」

「そうじゃな。お主はそういう奴じゃ。しかし、いつかお主の国を攻める国が出てくるかもしれぬ。その時は間違いなく国同士の戦争に発展するじゃろう。理想を語るのは構わない。だが、もしそうなったらお主はどうするつもりじゃ？」

エルトリアの問いに、紅蓮色の髪の女性は迷うことなく答えた。

「そうね、いつかは私の国に戦争を仕掛ける国も出てくるかもしれない。まあ、『魔王』として知られている私が統治する国に戦争を吹っかける国があるかは知らないけど。もし、私の国、そして国民を傷つけるような輩がいれば、その時は私が全て相手する。私の理想とはほど遠いけど武力行使になるかもね。でも今のところそんなことはなさそうだし。さっきも言ったけど、私という『魔王』が統治する国に喧嘩を売る馬鹿はいないでしょ」

「まあ、そうなるのが必然じゃな。すまんな、分かりきったことを聞いて」

「別にいいわよ。私とエルトリアの仲じゃない。それよりも立ち話もあれだし、座って話しましょう」

２人は椅子に座り、紅蓮色の髪の女性に仕える従者が用意した紅茶を飲みながら話に花を咲かせた。他の魔王への愚痴やら最近訪れた国や街など。

主に紅蓮色の髪の女性が話題を振って、エルトリアが答える形になっていた。

そして、世間話が続く中、話題はエルトリアの今後へと変わった。

珍しく彼女から組み手の申し出が来て驚いていた紅蓮色の髪の女性は、エルトリアに理由を問う。何もなしに申し出たわけではないだろうと。

「ところで、エルトリアはなんで急に私と組み手をしたいなんて言い出したの？　普段なら私の方から頼んで嫌々付き合ってもらっているのに。私はエルトリアから提案してきたのが嬉しかったから喜んで引き受けたけど」

「ああ、ちょっとした調整じゃよ。興味深い話を小耳に挟んだもんでな」

「へぇ。てことは、またどこかに行くんだ。次はどこに行くの？」

「〝アルファモンス〟という街じゃ。その街には5つのダンジョンがあって、中でも『神々の塔』というダンジョンがいまだに攻略されていないらしい。〝ロザリー〟の話ではかなり難易度が高いダンジョンとのことだ」

「なるほど、ロザリーちゃんの情報なら確かだね。それで、エルトリアはその『神々の塔』に挑戦するってわけだ」

「ああ、ロザリーと2人で行ってみる」

「面白そうだし私もついていこっかなぁ。私とエルトリアなら攻略できると思うし」

「お主……仮にも一国の王じゃろ。王が好き勝手に出歩くわけにはいかんじゃろ。お主に任された仕事もたくさんあるはずじゃ」

「そこはほら、優秀な大臣とかいるから任せて――」

「自分の仕事は自分でせいッ！」

エルトリアの一喝で、口先を尖らせて落ち込む紅蓮色の髪の女性。

「それに、妾と共に向かっても、お主は面倒くさいと言って途中で投げ出すと思うしな。それなら最初からついてこない方がいい」

「えっ、どういうこと？」

エルトリアはアルファモンスにある『神々の塔』について、紅蓮色の髪の女性に説明した。

一通り説明を終えて、どんな感想を抱くのか紅蓮色の髪の女性を見てみたが——

「ええ……。それは面倒くさいなぁ……」

「ほらな、妾の言った通りじゃ。お主はきっと『神々の塔』へ興味を持つと思ったが、詳細を話せば一気にやる気をなくす。妾の予想通りじゃったぞ」

「だって、なんでそんな面倒くさいことしないといけないの？」

「ルールだから仕方ない。お主の国だって法があるじゃろ。それと同じじゃ。守らないといけないし、アルファモンスに至ってはそうしないと『神々の塔』に挑むことすらできん」

「ではエルトリア君、君は『神々の塔』攻略を頑張りたまえ！　きっと君ならやり遂げると信じているぞ！　私は言われた通り自分の仕事をしながら応援してるから」

紅蓮色の髪の女性の言い方に少々イラっときたが、まあいいかと思い、ため息をつくエルトリア。そしてエルトリアは、信頼できる従者を連れてアルファモンスへと向かうのだった。

彼女――〝エルトリア・ルカード・ヒューゼンベルグ〟は、世界にたった8名しかいない『魔王』。その彼女が向かう先は奇しくも『聖魔女』リリィ・オーランドと同じである。

この運命は偶然か、それとも――。

『魔王』と『聖魔女』。出会うことのなかったかもしれない2人の運命が今ここに交差する。

# 外伝　奈落生活、初めてのレベルアップ

これは、リリィがオルフェノク地下大迷宮へ落ちて初めて自分の手で魔物を倒した時の話。

目を覚ますと知らない天井が映っていた。

意識が混濁している中、リリィはボロボロのベッドに身を預けていた体を起こし周囲を見渡す。

（ここは一体……。家の中？）

キョロキョロと見渡してみて、リリィは自分が木造の家の中にいることが分かった。しかし、当然のことながらこの家のことは知るはずもない。それ以前に、自分がどうしてこんなところにいるのか疑問に思う。

だんだんと意識がはっきりしてきて、リリィは自分の身に何が起こったのか思い出した。

（私は確か……アドルたちの囮にさせられて……襲いかかってきた魔物から逃げて……オルフェノク地下大迷宮の上層にあった穴から落ちた……）

無限に続いているような穴を落ち続けた。その記憶はある。あれだけ落ち続けて生き残れる

なんて思っていなかった。自分の死も覚悟していた。

しかし実際は生き残った。一生分の運を使ったと言っても過言ではないだろう。

(意識も完全にはっきりしているし、死後の世界というわけでもなさそう)

上層から落ちたということは、今いるここは上層よりも遥かに凶悪な魔物が徘徊している場所ということになる。

最悪な状況ではあるが、今は生きていることを喜ぶべきなのだろうか。いや、素直に喜ぶことはできなかった。なぜならリリィはすぐに自分の置かれた状況を理解する。

短く息を漏らし、リリィは体を小さく丸める。


——運よく生き残ったのはいい。だが生き残ったそのあとは?


オルフェノク地下大迷宮は誰一人として完全攻略できていないダンジョン。のちにリリィはこのダンジョンが４００階層で構成されているものだと知るが、現時点では情報が少なく、何階層あるかさえ分からないダンジョンだった。分かっているのはかなり深いということ。そこから魔物を避けて地上に戻ろうとなど、普通に考えても絶望的だ。

今後のことを考えてしまうと、あの時死んでしまった方が楽だったのではないか。その方が長く苦しまずに済んだ。

　リリィの瞳から、大粒の涙がたくさん流れた。

　あの時、選択を間違わなければこうならなかったはずだ。素直に故郷に帰っていれば、こんな地獄のような場所に落ちずに済んだ。

　だが今さら後悔しても遅い。戦う力もない彼女は泣くことしかできなかった。


　あれからどれくらい泣いていたのだろうか。

　拭いても拭いても零(こぼ)れる涙で衣服の袖もかなり濡れている。瞳も赤く腫れていた。

　ふと、もしこれが夢だったらと考えた。

　そんな希望も、顔を上げれば、自分が先ほど目覚めた家の中にいるという現実が打ち壊す。

　もう認めるしかなかった。絶望しかないこの状況を。

「お腹……空いたなぁ……」

　こんな状況でも空腹にはなる。それが人間というものだ。

　しかしこんな場所に食料などあるのだろうか。長く使われていないような感じだし、食料が備蓄されているとは思えない。仮にあったとしても腐敗しているだろう。

　どんなに希望を抱こうが絶望に変わってしまう。それでも胸の内にある不安を少しでも忘れたくて、リリィはベッドから降りて探索した。

家の中は埃っぽい。一応家具が備わっているが必要最低限のものしかない。だが、家具があるだけマシなのだろう。もっと言えば、外敵から身を隠せる場所があるだけでも十分。

しかしダンジョンには魔物が徘徊しているのだ。そんな危険な場所に存在する家。安心安全とは言えない。

リリィは姿勢を低くして、ゆっくり窓の外を見てみた。

「何も、いない……？」

この時のリリィは知らないが、彼女のいる家は壁と壁の隙間を通った先にある行き止まりに存在していた。しかもその道は、小柄な人間が一人通れる程度の広さしかない。そして壁に苔のようなものがついており、それが光源となっているのか外がはっきりと見える。

ほとんどの魔物は狭い通路を通ることはできない。しかし小柄な魔物が迷い込んできて、偶然にでも目が合ってしまえばおしまいだった。

だが実を言うと、この家の周辺には魔物が寄り付かないように魔術が施されている。故にここにいる時は魔物に襲われる心配はない。

当然その事実を知らないリリィは、「取りあえず魔物に襲われることはなくてよかった」と安堵して家の中の探索を再開した。

そしてリリィは台所のような場所に行き、見つけた棚の扉を開けると、あるものに視線を向けた。埃っぽい家にしては不自然なほど清潔な布に包まれたそれを取り出して、机の上に置いてみる。

恐る恐る布を開いてみると、そこには干し肉やクッキーなどだいたい2週間分の保存食と水の入った瓶が5本入っていた。

見たところカビは生えていない。ということは、食べることはできる。瓶に入っている水も透き通っている。これも飲めるだろう。

お腹が空いていたリリィは干し肉を一つ取り、口へ運んだ。

もちろん食べるのに抵抗はあった。

明らかに誰かが用意したもの。勝手に食べるのはよくない。それに、見た目こそ大丈夫そうだが、もし毒が入っていたら。

しかし、そんなこと言っていられない。生きるためには何かを食べなければならないのだから。

（……私、こんな状況でも生きたいと願っているんですね……）

死のうと思えば簡単に死ぬことができる環境だ。魔物に身を差し出せば、激痛は伴うが簡単に死ぬことができる。それを選ばなかったということは、リリィの本心は生きたいと願っているということなのだろう。地上への帰還などは考えず、今はただ生きたいと願うだけ。

リリィは再び涙を流しながら、干し肉を味わって食べた。

そして干し肉を一つ食べ終えて少しだけ腹が満たされたリリィは、涙を拭い保存食を棚へと戻す。

(暫くは保存食でどうにかやり繰りしないといけません。ここで食べ過ぎたら食料がなくなりますし、もっと計画的に食べないと)

前向きになったリリィは再び家の中を探索した。

一応外に出ることも考えた。しかし、周囲に魔物はいないと分かっているが外は怖い。前向きになったものの、依然として精神状態は不安定だ。まずは安全な場所で落ち着きたい。

探索を続けていたリリィだが、また気になるものを見つける。

「これは……」

地下へと続く扉だろうか。開けてみると暗闇が広がっている。

魔物がいる可能性もあったが、物音も聞こえないし何かがいる気配は感じなかったため、リリィは壁に手を付きながら地下へと進んだ。

1段、2段と階段を下りていくと、突然淡い光が灯り暗闇を照らした。

淡い光を生み出したのは壁に掛けられていたランタン。誰かが足を踏み入れた瞬間に起動する魔道具だった。

先ほどよりも足元が見えるようになったが、階段を踏み外さないように進んでいく。

地下室に到着して、あらためて部屋を見てみた。

石で造られた閉鎖空間。見ようによっては牢獄のようにも見えるだろう。他に目につくものといえば、机とその上にある数冊の本。白と黒の2本の杖が立てかけてあり、ローブのようなものもあった。

リリィは机に近づき、本を1冊手に取った。

「うーん……」

本を開いて読もうとしてみたが、見たことのない文字で書かれていたため、中身を読むことはできなかった。

仕方ないと諦めて、次は杖やローブを手に取ってみる。

杖は初めて持ったにもかかわらず不思議と手に馴染んだ。まるで昔から肌身離さず使い続けていたみたいだった。ローブの方は、残念ながら今のリリィの体には大きい。もう少し成長すれば、ぴったりなサイズになるだろう。

「これ、使っても大丈夫かな……」

リリィの装備はボロボロだった。

それもそうだろう。魔物から命からがら逃げてきて、挙句の果てには上層からここまで落ちてきた。なぜか自分の体は無事だったが、着ていた衣服はところどころ破れている。修復は糸があればできなくもないが、果たして材料があるかどうか。

それに、この場にないため分からないが、自前の杖もおそらく使い物にならないほど壊れているだろう。

魔物と戦うのであれば装備は必須だ。装備なしで魔物と戦うなど、地上にいる弱い魔物ならまだしもオルフェノク地下大迷宮にいる魔物——しかもかなり深い階層にいる魔物であれば無謀でしかない。

まあそれ以前に、リリィのレベルでは万全の装備で挑もうが死ぬ可能性が高いのは明白。それでも装備がないよりはマシだろうが。

ひとまずリリィは机にあった数冊の本と2本の杖、1着のローブを1階へと運んだ。地下室には他にも何かありそうだが、今は後回しにする。

ここでの生活も1カ月が経過し、リリィも少しずつ慣れてきた。今ではもう家の外へ出られ

るようになっている。

この1カ月の間でいろいろと発見があった。

まずリリィは行動範囲を広げてみようと外へ出て、家の周りを調べてみた。そして家の横に見つけたのは小さな井戸。

ここで生活していく上で重要なのは水の確保だった。

保存食と共に入っていた水だけでは、どんなに節約しても圧倒的に足りない。人間は水なしでは3日も生きられないのだから、なんとしてでもこの問題は解決したかった。

そんな時に見つけたのが井戸。覗（のぞ）いてみると、ゆらゆらと水が溜まっていた。紐に繋がったバケツを下ろして引き上げると、バケツいっぱいに水が入っている。

だが、心配事もあった。

この水は飲んでも大丈夫な水なのだろうか、と。

瓶に入った水も最初は飲むのに抵抗はあったが、喉の渇きを潤すために飲むしかなかった。

結果的には飲んでも問題ない水だった。

しかし井戸の水はどうなのか。流石にまずいのでは？

そう思ったが、水を汲んだバケツも魔道具で、たとえ不純物が入っていようと浄化する効果があった。お陰で水の問題は解決したのである。

水の問題が解決したとなると、次は食料だった。

2週間分の食料を節約して1カ月以上もたせてきた保存食も残りわずか。食料なしで生きていくのは厳しい。水で空腹を誤魔化しても、いずれ限界が来てしまう。

この問題を解決するには、ダンジョン内を探索して食料になるものを見つけなければならない。

欲を言えば魔物の肉が手に入ればいいが、リリィのレベルではオルフェノク地下大迷宮の魔物を一人で狩るのは不可能だ。それでも他に食料がなく、保存食も尽きてしまえばやるしかないのだが。

そして、この1カ月でリリィは大きく成長した。この成長があったからこそ魔物討伐も視野に入れていた。

リリィはどういうわけか、『黒魔道士』が使える魔術が使えるようになっていた。

本来、『白魔道士』には使えない魔術。リリィも魔術が使えることに気付いた日はかなり驚いた。

この1カ月間でやっていたことといえば、読めない文字で書かれていた本を眺めていただけ。

それでも本当に少しだけ内容が理解できた——というよりは自然と内容が頭に入ってきた——のか一部はなんとなくだが読めるようになっていた。

家の中では危ないので外に出るリリィ。右手の平を上に向けて【火炎（ファイア）】と唱えると、小さい炎が生まれた。

いつ見ても不思議だ。自分が使えるはずもない『炎魔術』が使えるなんて。しかも他の攻撃系魔術も使えるようになっている。

「……やはり、あの本を読んだからでしょうか」

確証はない。だが考えられる可能性としてはそれしかない。

ステータスを確認しても、職業に『黒魔道士』は追加されていない。あるのは自身の『職業』である『白魔道士』のみ。

ただ、リリィも項目に『黒魔道士』が追加されていないことは確認せずとも分かっていた。神から与えられる『職業』は、２つ以上持つことができない。与えられる『職業』は必ず一つだから。

これまでいろいろと疑問に思うことがあったが、さらに謎が深まる一方だ。しかし、奇しくも戦える力を手に入れたのだから喜ぶべきことなのだろう。

あらためて『黒魔道士』が使える魔術が自分も使えるようになったことを確認したリリィは、いよいよダンジョンの中を探索する覚悟を決めた。

本音を言えば怖い。尋常ではない強さを誇る魔物が徘徊しているのだ。真っ向から戦ってもリリィが勝てるはずもない。

覚悟を決めたはずなのに心臓の鼓動が速くなる。踵を返し戻ろうともした。だが、ここで引き返すわけにはいかない。この場所で生きていくと決めた以上、恐怖に臆していてはいつまで経っても成長できない。食料も尽きて餓死するのを待つだけ。

「ふぅ……」

数回深く息をして呼吸を整える。だんだん落ち着いてきた。「よし」と呟いてリリィは杖を握り締めて歩き始める。


狭い通路を抜けた先に広がっていたのは、大きな湖だった。

井戸以外にも水を確保できる場所が近場にあったのは僥倖だった。もし井戸の中の水が尽きても、これだけ大きな湖があれば心配する必要はない。

ただし危険もつきまとう。リリィは息を殺して湖の方を見た。

そこにいたのは、ねじれた2本角が頭部から生えている真っ黒な体毛に覆われた山羊のような生き物。それは水を飲みに湖へとやってきた。

一見大人しそうに見える魔物だが、リリィはすぐに危険な魔物だと判断した。事実、その魔物のレベルは５００以上あり、リリィ一人では到底敵う相手ではない。

気付かれない且つギリギリ視界に映るぐらいまで後退して、様子を窺う。

湖の水を飲んで満足したのか、魔物はどこかへ消えてしまった。

念のため、周囲に魔物がいないか確認してリリィは大きく息を吐く。

「あんな魔物が普通にいるんですよね、ここは……」

1カ月前に襲ってきたオルトロスよりも遥かに強いことは、見ただけで分かった。もしあの時オルトロスではなく今の魔物が現れていたのであれば、間違いなく死んでいただろう。いや、自分だけではない。リリィを囮にして逃げたアドルたちも追いつかれて殺されていた。

運がよかったと考えるべきか。まあ地獄のようなこの場所へ落ちてしまった時点で運はないと言えるだろう。

気持ちを切り替えよう。何もあんな魔物を相手にしなくてもいい。きっとあれよりも弱い魔物はいる。狙うのはその辺りにしよう。

それからも、リリィは狭い通路で魔物が湖近くまでやってくるのを見張っていた。

この階層に生息している魔物は、たとえ攻撃系魔術を使えるようになったからといって勝てる相手ではない。それはリリィ自身十分に分かっている。

だからリリィは、絶好の機会が来るのをひたすら待った。

見張っていて分かったことだが、目の前の湖には頻繁ではないものの魔物が訪れる。そして偶然魔物同士が出会い、戦闘に発展することがある。

リリィはそこに目を付けた。

レベルが高い魔物同士の戦闘は必然的に激しくなる。瀕死とまではいかなくても戦闘で負うダメージは大きい。そこを突けば、運よく魔物を倒すことができるかもしれない。

それに賭けて見張りを続けているが、現実はそう上手くいかないものだ。


なぜなら、見張りを始めてからもう半年が経とうとしているのだから。


いまだに魔物は倒せず、レベルも変わらない。保存食もずいぶんと前になくなってしまった。

ではどうやって空腹を満たしているのか？

補充する術がないので節約しても減っていく一方の保存食。時には水を飲んで空腹を満たしていた。なにせ水だけはたくさんあったから。

しかし、十分に活動するためのエネルギーは水だけでは摂取できない。どうにかしないといけないと考えていたリリィだが、結果的に言えばその問題は解決した。


話は、リリィが落ちてから2カ月が経過した時に遡る。

いつものように安全な場所で魔物同士が争いを起こさないか見張るリリィ。

この3カ月間で何度もその争いは見てきているが、一向に倒せそうな魔物は見つかっていない。

そんな中、偶然にもリリィは争いで死んだ魔物を見つけた。

基本的に戦いに勝利した魔物は、敗北した魔物を食らう。彼らも常に食料を確保しているわけではない。その日暮らしで空腹になれば魔物を探し、殺して食う。それが魔物の世界のルールなのだ。

だが、その日は違った。

戦いに勝利した魔物は、殺した魔物を食らわずにその場から去っていった。

周囲には他に魔物が見当たらない。そして目の前にあるのは、自分では倒すことができない魔物の肉。しかも量は山のようにある。全てを一人で食べ切るには少なくとも1カ月以上はかかる。しかし魔術を用いて日干しできる環境を作れば、干し肉にして保存も可能だ。

次にいつこのチャンスが来るか分からない。これを逃せば二度と食料は手に入らず餓死してしまうかもしれない。

リリィは魔物の死体に駆け寄り、魔物の肉をナイフで少しずつ切り分ける。そうでもしないと狭い通路に持ち運べないし、運んでいる途中で魔物に見つかり襲われることも考えられる。

返り血で服が汚れても、魔術を使って洗えば問題ない。手も血や油でぬるぬるしているが、そんなこと気にしていられない。何度も往復を繰り返して、リリィは無事に魔物の肉を手に入れたのだった。

ふと、その日のことを思い出すリリィ。

（あの魔物のおかげで、私は今日まで空腹に苦しまずに生き延びることができたんですよね……）

相変わらず節約をしていて、あの時の魔物の肉は干し肉になって残っている。今日もその干し肉を一つ口に運んで見張りをしているが、口に入れた瞬間に若干だが味が変な気がした。

（うっ……。もしかして……）

いくら保存食とはいえ、管理を怠れば腐るだろうと気を付けてはいたが、どうやら期限が迫ってきているようだった。

（まあ、お腹を壊したとしても『治癒魔術』があるのでどうにかなりますけど……。こういう時、自分が『治癒魔術』を使えるのは便利ですね。しかし……こうなると、いい加減新しいお肉を調達しないといけないかもしれませんね）

こんな環境なため仕方ないと言えばそうなのだが、流石に腐っている恐れがあるものを食べるのはどうかと自分でも思う。どうしてもそれしかないのなら我慢して食べるが。

湖近くで争う魔物はもう日常茶飯事と言えるほど何度も見かけた。運がよければまた食料が手に入ると思っていたが、大半は食い尽くされる。残っていても取り散らかった肉片のみ。考えはしたが、それに手を出すことはなかった。

自分でも倒せる丁度いい魔物がいればいいのにな、と思いつつもリリィは湖の方を見る。

するとそこに、１匹の魔物がいた。

種類はドラゴンだった。といっても小型の部類に入るドラゴン。重々しい足取りでゆっくり湖へと近づいていた。

（体中怪我だらけ……。魔物と戦って逃げてきたのでしょうか……）

ドラゴンの体は傷から流血していたり肉が抉れていたりと致命傷だ。

可哀相だと思う半面、これはチャンスなのではと思う。

この半年間でリリィは何度か魔物と戦っている。もちろん攻撃系魔術を使ってもダメージにはならないので、安全圏の中で遠くから状態異常系の魔術を使いじわじわとダメージを与えていた。

ただ、リリィが使う魔術はまだまだ低レベル。状態異常系魔術のダメージより魔物の回復速度の方が速く、失敗するのが当たり前だった。

しかし今回は倒せる希望があった。

リリィは魔術だけではなく他にもスキルを習得していた。その中のスキル『鑑定』を使って、魔物の強さを見て戦うか判断してきた。

そして目の前にいる魔物は今まで見てきたどの魔物よりも弱く、レベルは３４７。現在のリリィのレベルは59と差はかなりあるが、ダメージも結構蓄積されているだろうし、今回はいけるかもと思った。

昔のリリィなら一目散に逃げている。レベルが３００近く離れている魔物と戦っても勝てないから。これはリリィ以外の人間にも同じことが言えるだろう。

でも今のリリィは違う。強い魔物を見過ぎて感覚が麻痺しているのか、「あのくらいの魔物なら……」などと考えている。レベルを上げてステータスを向上させることはできなかったが、その代わり彼女の精神は半年でかなり鍛えられていた。

(手負いだとしても真っ向勝負では勝ち目はないですよね。きっと生き延びるためにより凶暴になっていると思いますし……。やはりここは、いつも通り状態異常にさせてじわじわダメージを与えていく方向で行きましょう)

リリィは『麻痺魔術』――【麻痺拘束(パラライズ)】を発動させ、さらに限界まで重ねがけしてドラゴンの身動きを完全に封じてみせた。これでも通用しない時はあったが、ドラゴンはかなり弱っているのか抵抗できない。そこへ『毒魔術』の【毒付与（ポイズン）】も同様に限界まで重ねがけして、毒によるダメージを与えていく。

これが今のリリィにできる最大限の戦い方。一度も成功したことはないが、今回は成功の兆しが見える。

リリィの魔力量では、あと数回の魔術発動が限度。不自然だが、他の魔物に見つからないように『土魔術』——【土壁（アースウォール）】を発動させてドラゴンの姿を隠した。

「あとは私の魔力が回復したら同じことを繰り返すだけ……」

外側の壁が他の魔物によって壊されないか。内側にいるドラゴンが動けるまで回復して暴れ出さないか。そんな心配もあり、リリィは食料の補充以外では家に戻らず、狭い通路でずっと見張り続けた。

ドラゴンに使った状態異常魔術の効果が消えないうちに、【土壁（アースウォール）】の一部に穴を空けて再度状態異常魔術をかける。そんな日が1週間続いた。

（まさかここまで長引くとは思っていませんでした……。でも今のところ順調にいっていますし、流石に私のレベルが低くても1週間重ねがけされて効果が強くなっている毒のダメージを受けていれば、そろそろ倒れてくれるはずです……）

リリィも既に限界が近い。何が起こるか分からない以上、ろくに眠ることはできなかった。

どうしても厳しい時は仮眠もしているが30分ぐらいしかしていない。リリィはドラゴンの討伐の結果に関係なく、終わったら思う存分寝ようと決めていた。

そして、ついにその日がやってきた。

眠気に襲われ、首がこくこくと下がって寝てしまいそうになった時、突然自分の前にステータス画面が出現した。ステータスを見ていると目を疑うほど驚愕すべき数字が並んでいた。

「す、すごい……。一気にレベルが１８０まで上がっている……」

レベルが上がったということは、ドラゴンを倒したということ。

確認のためリリィは【土壁（アースウォール）】を解除して中を見てみると、ぐったりと倒れたドラゴンの姿があった。確認するまでもなくドラゴンは絶命していた。この日初めてリリィは自分よりも遥かに強い魔物を倒すことができた。

レベルが上がり喜びたいのは山々だったが、目標を達成したことでここ1週間の溜まった疲れが一気に来たのか体が重い。できることなら、すぐに帰ってベッドの上で寝たい。

しかしリリィは家に戻らず、ドラゴンの死体へ向かった。

（初めて私が、しかも一人で倒した魔物……）

リリィは残っている体力を全て使い、倒したドラゴンの解体を始めた。

全身に毒が回っているが、その毒を抜けば食べられるかもしれない。骨もいつか何かの役に立つかもしれないと思った。

自分が刈り取った命なのだから、できる限り無駄にはしない。それが自分のために亡くなったドラゴンのため。

「これで全部ですね」

一通り作業を終わらせたリリィは、解体したドラゴンの素材を家へ持って帰る。

そのあともやることはたくさんあった。でも今はそれよりも寝たい。瞼も重く、起きているのがやっとの状態だ。

（……1週間頑張ったんです。レベルも上げることができましたし、今日くらい、自分に甘くてもいいですよね……）

残る力を振り絞って汚れた体を綺麗にし、着替えを済ませたリリィはベッドに向かい身を預けると、すぐに深い眠りについたのだった。

# あとがき

はじめまして、ｔａｎｉと申します。

初めに、この度は本書を手に取ってくださり、誠にありがとうございます。

本作は『小説家になろう』に投稿しているものを大幅に加筆修正したものになります。実は、もう少し物語が進んでいる予定だったんですけどね。

1巻の収録範囲であるWEB版の第一章は描写不足があったため、それを補いながら改稿していると、気づけばかなりの分量に……。さらに、ＷＥＢ版には投稿されていない外伝も追加。文字数でいえば、6万字以上は加筆されていますね。1巻のおよそ半分です。

初めての作業で結構大変でしたが、楽しかったですね。でも、次巻のお話が来たときには、今回のように半分以上を加筆するなんてことはないようにしたい……。

まあ、多分無理だと思いますけど!!

結局はどんどん加筆修正して、文字数が増えると思います。その辺は未来の作者が頑張っていることでしょう。

それにしても、まさか自分の書いた物語が書籍化するとは……。

ご存じだとは思いますが、本作が私の初めての書籍化作品となります。

投稿を始めた頃は一応夢見ていたものの、書籍化が実現するとは思いもしませんでしたね。人生何が起こるか分からないなと思いました。

こうして夢が実現できたのも皆さまのおかげです。

WEB版を読んでくださっている皆さま、いつもありがとうございます。これからも頑張っていきますので、応援よろしくお願いいたします。

WEB版は未読で、本書を手に取ってくださった皆さま、よろしければWEB版の方も読んでみてはいかがでしょうか。リリィたちの新たな冒険や出会いが待っていますよ。

素敵なイラストを描いてくださったれんた様には感謝の気持ちでいっぱいです。物語の主人公であるリリィや相棒タルトのイラストを見た時は感激しました。これからも個性的なキャラがたくさん出てきます。その都度、いろいろとお願いすることになりますが、よろしくお願いいたします。

そしてなにより、書籍化の声を掛けてくださった編集者様。お声を掛けてくださらなかったら私の夢は叶いませんでした。本当にありがとうございます。

最後になりますが、『奈落の底で生活して早三年、当時『白魔道士』だった私は『聖魔女』になっていた』を楽しんで読んでいただけたのであれば幸いです。

今後とも活動の方を頑張っていきますので応援よろしくお願いいたします!!

追放されたので、暗殺一家直伝の
影魔法で王女の護衛はじめました！

～でも、暗殺者なのに人は殺したくありません～

著 煙雨
イラスト 福きつね
暗殺できなくて、ごめん！

でも、最強の護衛です!!

双葉社でコミカライズ決定！

「暗殺者がいるとパーティにとって不利益な噂が流れるかもしれないから今日をもって追放する」

今まで尽くしてきた勇者パーティーからの一方的な追放宣言に戸惑うノア。

国からの資金援助を受ける橋渡し役として、一時的に仲間に加えられたことが判明した。

途方に暮れるノアの前に幼馴染のルビアが現れ、驚きの提案が……

「私の護衛をしない?」

この出会いによってノアの人生は一変していく。追放暗殺者の護衛生活が、いま始まる！

定価1,320円（本体1,200円＋税10%）

ISBN978-4-8156-1046-3

騎士団長の息子は
悪役令嬢を溺愛する
著 yui/サウスのサウス
イラスト 春が野 かおる
双葉社でコミカライズ決定！
騎士団長の息子はただひたすらに甘々です!
「アリス、貴様とは婚約破棄する!」そんな声と共に前世の記憶を思い出した騎士団長の息子エクス。
夜会の会場にて今まさに王子の婚約破棄が行われているその状況で、彼は前世の乙女ゲームにて
全く同じ展開があったことを思い出す。あきらかに冤罪なのに、悪役令嬢を責める王子と他の
攻略対象。そして、こっそりと不敵に微笑むヒロインを見たとき、彼は決意した。大好きな
悪役令嬢を救って自分のものにしようと。これは乙女ゲームの攻略対象の一人、
騎士団長の息子に転生した主人公が悪役令嬢を溺愛していく甘いだけの物語。
定価1,320円（本体1,200円＋税10%）
ISBN978-4-8156-1043-2
ツギクルブックス
https://books.tugikuru.jp/

# 魔力がなくても精霊と一緒に未来を変えます!

魔力の高さから王太子の婚約者となるも、聖女の出現により
その座を奪われることを恐れたラシェル。
聖女に悪逆非道な行いをしたことで婚約破棄されて修道院送りとなり、
修道院へ向かう道中で賊に襲われてしまう。
死んだと思ったラシェルが目覚めると、なぜか３年前に戻っていた。
ほとんどの魔力を失い、ベッドから起き上がれないほどの
病弱な体になってしまったラシェル。悪役令嬢回避のため、
これ幸いと今度はこちらから婚約破棄しようとするが、
なぜか王太子が拒否!? ラシェルの運命は――。
悪役令嬢が精霊と共に未来を変える、異世界ハッピーファンタジー。


1巻：定価1,320円（本体1,200円＋税10%） ISBN978-4-8156-0572-8
2巻：定価1,320円（本体1,200円＋税10%） ISBN978-4-8156-0595-7
3巻：定価1,430円（本体1,300円＋税10%） ISBN978-4-8156-1044-9

https://books.tugikuru.jp/

**愛読者アンケートに回答してカバーイラストをダウンロード！**
愛読者アンケートや本書に関するご意見、tani先生、れんた先生へのファンレターは、下記のURLまたは右のQRコードよりアクセスしてください。
アンケートにご回答いただくとカバーイラストの画像データがダウンロードできますので、壁紙などでご使用ください。
https://books.tugikuru.jp/q/202109/narakunosoko.html

本書は、「小説家になろう」（https://syosetu.com/）に掲載された作品を加筆・改稿のうえ書籍化したものです。

# 奈落の底で生活して早三年、当時『白魔道士』だった私は『聖魔女』になっていた

2021年 9 月25日　初版第1刷発行
2021年10月 1 日　初版第2刷発行

著者　tani

発行人　宇草 亮
発行所　ツギクル株式会社
〒106-0032　東京都港区六本木2-4-5
TEL 03-5549-1184
発売元　SBクリエイティブ株式会社
〒106-0032　東京都港区六本木2-4-5
TEL 03-5549-1201

イラスト　れんた
装丁　株式会社エストール

印刷・製本　中央精版印刷株式会社


ISBN978-4-8156-1049-4
Printed in Japan